12×9の優しい引力

檜山智子
Hiyama Satoko

文芸社文庫

それは、あなたと過ごした十二カ月の奇跡。
そして、あなたに出逢うまでの十二カ月の軌跡。

目次

卯月

「それでどうなの潤子ちゃん。いい人はできた？」

ファンデーションケースの鏡でアイラインがはみ出たのを擦っていた私の指は、瞼を引っ張った不細工な顔のまま固まった。またその話か。答えがノーであることを承知しているのに、いつも同じことを聞いてくる。しかも毎度諦め半分の間抜けな声で聞いてくるから、余計に失礼な人！

だが、いちいち構っている暇はない。朝の忙しいときに限ってそういう長引きそうな話題をふってくるの、いい加減やめてくれないかな。私は一度止めた指を再び動かしながら、二十八にもなった娘に潤子「ちゃん」はないでしょ、「ちゃん」は——と、いつもの調子で適当にはぐらかした。私の素っ気ない態度が気にくわない母は、ぷくっと頬を膨らまし、湯飲みに当てていた唇をとがらせる。

「何よ、せっかく心配してあげてるのに」

「だったらせめて見合い写真の一枚でも二枚でも、かき集めてきてよ」

「今時見合いなんかあるわけないでしょう、意外と頭古いのね」

「お母さんが自力で解決できなかったんだから、娘ができるはずないじゃない」

見合い十数回の末にやっと結婚した彼女に向かってぶっきらぼうに言い放つと、化粧ポーチをあまり隙間のない通勤カバンへ無理矢理押し込んだ。

「失礼しちゃうわね、私だってこれでも学生時代は……」

「はいはい、その話はもう耳にイカができるくらい聞きました！　ん……やだ、そんなこと言ってるから遅刻しちゃう」

　マグカップに残る少し冷めた紅茶を飲みながら壁の丸時計を見上げると、いつも家を出る時刻からすでに二分が過ぎている。この私の出勤において、一、二分の差は命取りだ。元々余裕を持って行動するタイプじゃない。底に溜まった茶葉屑まで一気に飲み込んで、テーブルに押しつけるようにカン、と置いた。入れ換えにカバンを引っ張り上げると、ダイニングの戸を押し開けて玄関へ急ぐ。頭の中では、家を出て最初の坂をどれくらいの速度で駈け下りるかということがぐるぐる巡っていた。

　母は未だ憮然とした表情でそんな私の後ろを付いてくる。誰かが出かけるときには必ず見送りに来るのが、うちの家族の習性だ。

「今日は早く帰ってこれるの」

「あー、えーっと、たぶんねぇ」

気が急き生返事で済ますと、私はハイヒールを突っかけ玄関を飛び出していく。

「行ってきまぁす」

「気を付けて、忘れ物ないわね」

「たぶんぅ」

振り返る余裕がなく、ひらひらと手だけ振って門扉を開け放った。

この慌ただしい朝の風景は、中学時代から何ら変わっていない。もう十五年以上も朝のラッシュを体験しているのに、五分でも早く家を出ればという概念がないのだ。間に合う範囲の、最も限界の時間まで家で粘ろうとする。誰かに男っぽい性格だと言われたが、確かにこの行動は父親によく似ている。ただし、世の中には同種の人間が多いようで、駅前商店街に差し掛かる頃には行き会う人が皆必死な形相をしていた。暖かくなりだした朝の日差しが、それらを明るく照らし出す。彼らの背を追って、私の足も次第次第に速くなっていった。

商店街を抜けたところを右に曲がり、勾配の厳しい坂を一気に登りきると、ようやくそこに駅がある。坂ごと可動式にしてほしいと無茶な注文を付けたくなるくらい、最後の登りはつらい。

駅舎に着くと、くたくたになったパスケースから印字の擦れた磁気定期券を取り出し、自動改札機へすべり込ませる。そういえば最近、ＪＲでは「タッチアンドゴー」

というのが流行っているらしい。私鉄も早くICカードを導入してくれないだろうかと、定期券を出すのにまごつくたび、思っている。

よく遅れることのある私鉄電車の赤い車体が、今日は定刻通りにやってきた。そこから私鉄の普通電車に乗り、いったん横浜で降りて後続の快速特急に乗り換える。普通電車はそうでもないが、快特は混むので、人に揉まれながらもしっかりつり革を確保しなくてはならない。そうしてうつらうつらとやっていると、車内の人の表情が横目に入ってくる。いかにも新品らしいつやのある黒スーツに身を包んだ新入社員風の女性。瞼にはしっかりアイシャドウのグラデーション、唇にはピンクベージュのグロスが光る。朝から念入りに化粧したんだろう。ご苦労さまなこと。反対側へ目を向ければ、カバンの口から「新入生ガイダンス」云々と書かれた冊子が覗く、十代と思しき少女の姿もあった。おそらく新入学生だろう。少し緊張した様子で窓の外を見ている。この時期は、春の風が電車内にまで吹き込んだかの如く、若々しさと初々しさが随所に感じられる。今ではすっかり、つり革に垂れるみの虫と化した私には、目のくらむ光景だ。

とは言え、こんな私にもああいう年頃があった。新入社員で初出勤のときはこれより二十分も前の電車に乗っていたし、大学のときは毎日着ていく私服に困りながら慌ただしい朝を送っていた。特に大学入学したての頃は、初めこそ同窓の友人がいたが次第に会わなくなって一人になり、サークルでまた新たな交友の輪を広げていく必要もあった。授業のないガイダンス期間はほぼ一人で行動するから、友だちなんかできないんじゃないかと本気で不安になったりもしていたっけ。色々事情があって、サークルも偶然たどり着いた場所だったけれど、あれはあれなりに楽しかった。

どうしてあのサークルだったのかしら。薄暗くて埃っぽい、大地震が来たら棚に積み重ねた荷物に埋もれて死んじゃうんじゃないかってくらい、昔ながらの部室棟。高校が一緒だった友人が美術系サークルを覗いてみたいって言うから付いていったのに、顔合わせの花見の日に「テニサーのお茶会があるの」とか何とかで逃げられて、部室に一人置いていかれた。知らない人に囲まれ今さら逃げることもできず、気まずい思いをしていたなあ。

あのとき、そんな私の隣に誰かが座ってくれた。大学に入って、旧友以外に初めて言葉を交わした人。緊張していた私の気を紛らわせてくれた、あれは、あの横顔は、確か――。

ガタン、と車両が音を立てて止まる。つり革に下がる自分の腕に寄りかかってうたた寝をしていた私は、ハッと目を覚ました。

『品川ー、品川ー』

ドアに殺到する人々とともにホームへ押し出される。ボーッとした頭で、いつもの通りエスカレーターの列へ。譲り合っているのか押しのけているのか分からないその流れの中で、先刻の新入生も新品スーツの女性も、いつの間にか見失ってしまった。二〇〇五年四月。七年目に突入した私の出社風景は、およそ変化もなく毎朝こんな具合だ。変わったものといえば、新しい路線が増えて横浜駅の地下がやけに深くなったのと、品川駅に新幹線が停まるようになったこと、それに同駅がたび重なるリニューアルでかなり綺麗になったことくらいかしら。就職活動の頃にはもっと陰気なイメージだった構内に、新社会人になる直前でようやくまともな連絡通路ができた。半円ガラス張りのアーケードは高い天井設計で、近年は季節限定のイルミネーションが吊されたりもしている。

私はいつもそこを通り抜けて港南出口へ急ぐ。ロータリーを抜けてエスカレーターを駈け下りれば、会社はもうすぐだ。季節感のないビル群の合間を抜けて自分の職場を見上げる頃には、時計が八時五十二分を指していた。

さて、もうひと走りしなくっちゃ。ヒールを履いて加速するのも、随分慣れたものね。

「と、到達……」

オフィス街を颯爽とかっぽするイメージだったのに、情けないことに自分の部署へたどり着く頃には、太股辺りは限界を迎えてプルプルと震えていた。母のよく言う「膝が笑う」の意味が、年ごとにひしひしと身に染みる。デスクへ重い荷物を担ぎ上げた時点でもはや力尽き、椅子に座る気力もない。汗ばむから、とりあえず上着を脱いで椅子の背に着せてみるがそれでもまだ暑いので、机の上にあったクリップボードを団扇代わりにして扇ぎまくった。こうやってる最中は暑さで顔が歪む傾向にあり、あまり人と顔を合わせたくないのだが、そういうときに大抵声をかけてくるのは主任の野黒さんだ。

「おはよう、上原さん」

びくっとして振り返ると、コーヒーカップを右手に、左手は軽くポケットに入れた野黒さんが、朝のお決まりのスタイルでそこに立っていた。まともに言葉を返す余裕がないので会釈をしてごまかすと、「二分前、か。ギリギリセーフだね」と笑われる。

常に「定刻十五分前」行動で名高い野黒さんが見遣るのは、ポケットから引き抜かれたお高そうな腕時計。彼は大学時代に留学経験があって、着ているものもイタリアンだか何だか、一つひとつのアイテムがこだわりに満ちている。振るまいは「ヂェントルマン」、体格もそこそこ大柄で、彫りが深く外国人ふうの顔つき。とにかく随所にインテリかつおシャレさんの雰囲気が漂う人だ。成績優秀、会議のレジメはいつもきちっと端が揃えられているし、机の上も恐ろしいくらい整理整頓されている。きっと学生時代は出された課題を提示されてすぐにやっていたタイプに違いない。一応同じ大学を卒業している先輩のはずなのだが、あまりに人種が異なりすぎて、私には逆立ちしても一生真似できないと思う。一度でいいから、私も朝早めに出社して右手にコーヒー、左手はポケットに入れ、遅刻ギリギリでやって来る同僚を優雅に出迎えてみたいものだけれど——ま、そんなことは夢のまた夢ね。

額の汗をハンドタオルで拭いつつそんなことを考えていたら、コーヒーカップに口を付けた彼と目が合ってしまった。

「何か？」

「い、いえ、別に」

爽やかな笑顔を振りまいて野黒さんは立ち去っていく。入れ替わりに、今度は後輩の男女二人が勢いよく走り寄ってきた。

一人は関口マリア。私の三年下に入ってきた子で、栗色の巻き毛とクリッとした目が可愛らしい今時のお嬢さん。それでいて明るくて気立てもよく、私を慕ってくれる仲良しの後輩だ。マリア、というのはおじいさまがイギリス人でクオーターだから。そのため髪は染めなくても茶色いし、黒目も綺麗な薄グレーで……ん？　この場合、「黒目」って言っていいのかしら。

もう一人、そのマリアに引きずられるように付いてきたのは彼女の同期、杉山くん。

見た目は小柄で少しふくよか。元々穏やかな性格柄、頼みごとをされるとつい断れなくなるヤツで、今日も朝からマリアに付き合わされていたらしい。

「せんぱぁい」

「どうしたの、そんな切羽詰まった顔して」

「朝イチから幹部会議してるんですけど、書類がないって大竹課長がものすごい剣幕で怒ってるんですぅ」

「確か準備は先輩が頼まれてましたよね」

昨夜、残業してまで仕上げた書類は確かに課長のデスクへ提出していったはずだ。

「人数分、用意して課長の机に置いたと思うけど」

「でも、ないって」

「おかしいなぁ」

念のため自分の机の上や引き出しを調べてみたが、やはり見当たらない。嫌な予感がして、課長のデスクへ向かった。課長はものの置き方が少々乱雑だから、もしかしたらどこかに紛れてしまったのかもしれない。だが今日に限って机の上はさほど汚くなかった。

「だって私、ここにちゃんと……」

昨日置いたはずの場所には確かに何もない。が、私はある一点に気付いて動きを止めた。

整理・処理済みの書類を入れておく卓上トレイの中に、疑わしい膨らみがある。普段なら朝早くからこんなに埋まっていないのに、今日はやけに盛り上がっているのだ。

「先輩?」

マリアたちが不思議そうに見つめる中、それらの書類をめくった。一枚、二枚、三枚。四枚目を持ち上げたところで見覚えのある書面が現れる。

「――あった」

「なんだぁ」とマリア、杉山から溜息が漏れた。平時から何かとせっかちな大竹課長のことだ、おそらく出社したときに邪魔だからと言って机の上のものを退けてしまったのだろう。まったく、人騒がせなんだから。

「しょうがないなあ、届けてくるわ」

昨日せっかくがんばって仕上げた代物が、危うく陽の目を見ないところだった。誰のせいで朝からこんなに眠気がひどくて、出勤がギリギリになったと思って……いや、後半はあまり関係なかったか。

「あ、私も行きますぅ」

こういうとき、なんとなく空気を読んで付いてきてくれるマリアの存在はありがたい。大して多くない資料をわざわざ半分こして二人で廊下を歩く間はもちろん愚痴まつりだ。

「課長ってば、いつもそそっかしくって困ったもんね」

「どうして表面だけ見て『ない、ない』ってわめくんでしょうね」

「そうそう。第一、こんな時間から額突き合わせて会議なんて」

急に小声になって「年寄りは朝が早くてイヤだわ」と続けると、私たちは顔を見合わせて笑った。

会議室の前に立つとさすがに冗談も言っていられない。深呼吸で気持ちを整えてから背筋を伸ばし、ドアをノックした。スマイル、スマイル。

「失礼いたします、資料をお届けに参りました」

中では部長以下、次長二名、さらに各課の課長が数名、和やかに談笑している。

「ありがとう、朝早くからすまないね」

「配ってもらえるかな」

どれだけ陰険な顔つきで待ち受けているのかと思いきや、まったく拍子抜けではないか。どうやら一人でカリカリしていたのは、私たちの直属上司であり、書類を見失った張本人の大竹課長だけだったらしい。上司にゴマすり、の代名詞みたいな人だから、「恥をかいたら大変」と慌てるのは無理もないけれど。

そして彼は自分の過失に気付かず、不快そうな表情でこちらを凝視していた。長く留まれば一言二言、文句が出そうな顔つきだ。マリアと私はいち早くそれを察知し、早々に資料を手渡してその場から退散した。

「失礼いたしました」

パタン、とドアが閉まると途端に緊張が解ける。帰り道の会話も、再び文句のオンパレードとなった。

「何なんですか、あの課長の態度。自分の不注意だとも知らないで」

「いっそ『ご自分のお机でも、もっとよくご覧になったら』って言ってやればよかった」

「ホントに言えたら楽なんですけどね」

言いたくても言えないのが宮仕えの厳しさよ、と再び笑い合う。

「今度やったら、処理済みトレイごと会議室に持っていってやるっていうのはどう」

「それ賛成！」

部署へ戻ってくると、さっきは慌しくて気付かなかったが、心なしフロアの人口密度が低く感じられた。

「あれ、神原さんと奈良くん、まだ来てないの？」

「何言ってるんですか先輩、場所取りに決まってるじゃないですか」

「何の場所？」

私の間抜けな質問に、マリアの美しい顔は一瞬で固まった。

「先輩、まさか今日、お花見なの忘れてます？」

「しまった、今日だっけ」

「もぅ、先輩ったらぁ」

そういえば、今日は残業するような仕事を残さないようにとお達しが出ていたっけ。ごめんごめん、と手を合わせると、彼女は「しっかりしてくださいよぉ」と腕を組んで眉間に皺を寄せた。その膨れた頬もまた、可愛いらしかった。

「あ、もしもしお母さん？　あのね、今日花見があったみたいなのよ」

また飲み会？　と受話器の向こうで呆れた母の声。二言三言、嫌みを言われて電話を切った。また、と言われる程、そんなに飲んでいないのに人聞きの悪い反応はいつものこと。

そして午後五時半きっかりに就業時間を終え、タイムカードを打つと、マリアや同僚たちとともに電車で移動して、先遣隊の待っている上野公園へ向かった。

アメ横方面の出口から交差点を渡って階段をのぼる。道沿いにはたくさんの屋台が軒を連ね、店主の客を呼び込む声がこだまのように響いていた。辺りには所狭しとブルーシートが並び、埋め尽くす人、人、人。すでに酒を酌み交わしているのであろう彼らの熱気と酒の匂いが漂ってきた。

電話で場所を確認しながら奥のほうへ進んでいくと、広いブルーシートの真ん中で若い男二人が力なく手を振っている。それを見てマリアがいち早く走り寄っていった。

「いたいた、二人ともお疲れさまぁ」

わが部署の花見では、男性社員のうち、経験者と新入社員の二人で場所取りをするのが恒例になっている。神原さんは数年ぶりとはいえ経験値の違いからまだどうにか生きていたが、新人の奈良くんはほとんど反応がないくらいに魂が抜けていた。

「奈良くぅん、大丈夫ぅ？」

マリアがその屍をチョンチョンと突っついてみるものの、もはや焦点すら合っていない。最近は場所取りそのものを商売にする人がいて、そういうおっちゃんたちと一日中張り合いながら過ごしていたのだという。元々細っちょい体が、輪をかけて弱々しくしなびていた。

その後、すぐに買い出し隊も合流して、宴会が始まった。

「それでは、友菱株式会社われらが産業機械第二部・印刷機械課、今年度の花見を始めたいと思います。乾杯！」

「かんぱーい」

今日は大竹課長だけでなく次長の三坂さんまで顔を出していたから、最初こそ皆、席順を気にしたり男の人でも正座してみたりしていたものの、上司二人が酔っぱらってくると次第に無礼講に近くなっていった。

陽が完全に沈み、桜が闇夜に白く浮かび上がる時間帯へ。しかし、その頃にはもはや誰もそんな幻想的な光景を見上げることを忘れている。花より団子。桜より、お酒。

「あはは、何それ！」

空きっ腹に酒をあおって全身を真っ赤にした神原さんが、まさかの古典的宴会芸の腹芸を始めたものだから、皆笑い転げずにはいられなかった。宴席って、くだらないことでもどうしてこんなに楽しいんだろう。アルコールのせいもあるけれど、腹の底から笑って声を出している、その感じがきっと妙に清々しいのだろう。

朝の資料紛失未遂事件などケロリと忘れた大竹課長は、面倒なことに酒が入ると人格が変わり、「七色の酔っぱらい」なんてあだ名が付いている。会のたびにキャラが変わって面白いという意見もあるが、周囲にはいろいろ弊害もあるので、飲み会では課長の右隣に座らない、というのが内輪の暗黙了解だ。今日はどうやら説教先生が現れた様子。ヂェントル野黒を捕まえて何やらくどくど語りかけている。野黒さん、本当は胃腸の弱い人なのに、ひと説教ごとにお酒注がれちゃって可哀相。

一方、上司だけれど温和な三坂次長は若い人とも話が合うらしく、気付けばいつも輪の中心にいる。今日は中学生の娘に彼氏ができたらしいと言って泣き上戸になっているのを部下に慰められていた。

朝、書類探しに付き合わされていた杉山くんは、神原さんの腹芸に笑い過ぎて腹の筋肉が吊ったらしい。あーあ、脇腹握って身悶えしてる。新人・奈良くん……は、すでにみんなの荷物の山に埋もれてダウン。相当疲れたのか、誰かのカバンを抱えてすっかり夢の中だ。一応、四月は彼の入社祝いのはずなのに、ちょっと可哀相だったかな。

あ、今ごろになって外回りを終えた加来くんがやって来た。みんなの酔い方に一瞬引いたみたい。でも逃さないわよ。ビールのトール缶を渡したら「いやぁ参ったなぁ」なんて言って頭を掻いたけど、よく言うわ。本当は一番の飲んべえなのは分かってるんだから。

「せんぱぁい」

マリアも珍しく酔ったのか、私の肩へ猫のように擂り付いてきた。よしよし、と撫でてやるとご満悦の様子だ。あんまり飲み過ぎると、マスカラ落ちてるのに気付けなくなるから注意しなよ。

一つ、大きく深呼吸する。いい気分だ。

今このとき、この場所で、この人たちと共有する時間。かけがえのない、と言うには少し大げさかもしれないけれど、何物にも替えられず、二度と戻らない空間。それにふと気付くとき、本当に楽しくて、嬉しいと思う。

「……花見、かぁ」

ああでも確か、前にもこんなふうに大勢の中ただ一人、「ここ」という場所で存在できる幸せにひたっていた瞬間があった。隣にいる人も、飲んでるビールの銘柄も、見ていた桜も違ったけれど、この上なく心地よく大切だった空間と人々。

そう、それは思い出の中に、今も鮮やかに息づいている。あの年も、そういえば桜の咲くのが遅かった。

＊＊＊

一九九六年四月——

入学式から三日目を数える。

キャッキャとはしゃぐ声が次から次へと眼下を過ぎていった。新入生はもうスーツ姿ではないが、大体顔を見ていれば一年生かそうでないかは分かる。待ち受ける上級生たちの勧誘ビラまきに、断り切れず大量の紙を抱えて戸惑う少女。校舎の脇では、どこで盛り上がったのか体育会団体に胴上げされる新入生男子の姿も見えた。

「可愛いねぇ、新入生って」

「一年前のうちらとは思えない？」

「だめよ、私らは元々おばさん体質だから、新入生だろうが老け組部類」

「何それぇ。私はまだまだ若いわよ、あんたと一緒にしないで」

「ま、失礼しちゃう」

　大学に入って二年目の春。ドキドキしながら入学式会場のパイプ椅子に座ったのが一年前だとは、時が経つのは早いね、そんなババ臭い会話をくり広げながら、初めての新歓シーズンを迎えた。去年の私たちがそうされたように、今年は新入生を誘い込み……いや、祝いもてなす番だ。

　ここは創部五十年の歴史を持つ美術サークル、アート・クラブ304。304とは部室の部屋番号で、部員たちがクラブの愛称として呼んでいたものを、十年くらい前に正式名として冠することになったらしい。古くて狭くて薄暗く、お世辞にも快適とはいえないが、時折鼻につく画材の独特な臭いも強く蹴ったら壊れてしまいそうな木の机と椅子も、小学校の図工室を思い起こさせて、私は案外気に入っている。

　さて、漫才のかけ合いの如く、私とくだらない会話を続けているのは同級生の小澤洋美《ようみ》。洋美とは大学に入って知り合った仲だが、おそらく今まで付き合ってきた友だちの中で最も馬が合うと思う。高校が女子校だったというのも、ちょっと男勝りな性格も、世間の流行に若干追いつかないところも、よく似ている。違うのは、洋美のほうが私より上昇志向が強いのと、わりと真面目気質なところだろうか。私は体力もないしすぐに疲れてところ構わず寝てしまうから、講義中にきちんと整理してある彼女のノートが羨ましい。とはいえ私は文学部、彼女は法学部、たとえ借りても何の役にも立たないけれど。

「そこのお二人さん、お暇そうねぇ」

しまった。二人でがばっと振り向けば、そこには三年執行部の女先輩が立っている。口ぶりからして何か仕事をさせられそうな雰囲気。満面の笑みを向けられると、余計に怖いんだこれが。案の定、今から出かけるところだった花見の買い出し部隊に編入が決まった。

「小澤さんは酒組に付いていって。上原さんはお菓子のほうね。買い出しが終わったら会場に直行しちゃっていいから」

「お菓子？　酒屋にはないんですか」

「あそこの店はつまみしかないのよ。だからお菓子は別動部隊なの」

先輩は部室内を見渡し、部屋の隅に誰かを見つけてアゴ先をクイと向けた。

「先輩に頼んだんだけど、男の人ってお菓子っていうと塩辛いものばっかり選んでくるじゃない。上原さん、ちょっと見張っておいてよ」

彼女の視線の先に立っていたのは、四年生の男の人だった。なるほど、お目付役ということね。

じゃ、よろしくね、と言うと、先輩は瞬時に笑顔を作り替え、訪ねてきた一年生の元へ走っていった。

今日は、新歓週間に恒例の花見の日。ちょうど授業のガイダンスが終わった時間帯だから、これから花見に参加する新入生が続々来るはずだ。事前に連絡先を教えてもらった一年生に個別連絡して誘いをかけ、トータル二十人くらいは来てくれることになっている。遅かれ早かれ居場所がなくなって二年生以上は廊下へ追い出されてしまうのがオチ。私たちは顔を見合わせ、大人しく従うことにした。洋美は酒隊四人の集団の後を追って廊下を走っていく。

私も意を決して、未だドア横で突っ立っている菓子組隊長に声をかけた。

「あの、先輩」

「ん？」

その人は間抜けな返事を一つして、私を見ているだけ。今から出かけることを分かっているんだろうか。

「えと、買い出しに、加勢しろって言われたんですけど……」

「ふうん。じゃあ、行こうか」

先輩はそう言って、ようやく自分のリュックを背負った。じゃあって何よ、じゃあって。私が言わなかったら動きそうにもなかったじゃない。

私はどうもこの人が苦手だ。去年一年間、この人が合宿や飲み会にあまり姿を見せなかったというのもあるけれど、何を考えているのかまったく分からないから。表情はいつも硬いし口数も少ないし、目はいつもどこか遠くを見ている。端的に言えば、変な人。背が高くがっしりした体格のおかげで、どこにいるかだけはすぐに分かるけれど。

心の中でいろいろ文句を並べながらも、私はその大きな背中にひょこひょこ付いていった。彼は一度も後ろを振り向かない。そのせいで部室棟を出ると早速、人波に阻まれて追いつかなくなった。

「ちょ、ちょっと待って、樋田《ひだ》さん！」

「ん？」

彼――樋田圭介は、またも気の抜けた返事で振り返る。春の日差しが彼の頰を照らし、眩しくて私は一瞬、続けて何を言おうとしていたのか忘れてしまった。彼が振り向くと同時に「歩くの速すぎです！」そう言って怒ってやろうと思ったのに。

大学最寄り駅の反対出口方面は商店街通りが三方に広がっている。中央の道を少し行って右に曲がると、こぢんまりしたスーパーがあった。店内は奥に細長く、人が一人、頑張っても二人がすれ違えるくらいの間隔で棚がひしめいている。

樋田さんはカゴをぶら下げて先を歩いていたが、ふと気付くとその中に入っているのはポテトチップスと柿の種。あの女先輩の危惧は当たっていたようだ。

「樋田さん、甘いものは？」

「ん？　ああ」

そう言って、彼はお徳用パックのナッツチョコを取り上げる。

「ねえ、もしかして去年も樋田さんがお菓子の買い出ししました？」

「そうだけど、なんで」

「いえ、気にしないでください」

だって去年の花見、ポテトチップスばかりで喉が渇いて、甘いものといったらファミリーパックのチョコレートしかなかったんだもの――とは、さすがに言いにくかった。棚を真剣に見ている彼の姿を見たら、またも怒れなくなってしまう。怒る代わりに、新発売の商品や私の好きな菓子をいくつか取りカゴに入れてやった。

「これと、これとこれね。今日は女の子も来るから、こういうほうがいいと思います」

「ありがとう、助かるよ。甘いもの苦手だから」

「ああ、それで好みがオヤジくさいのね。うちの父もたまにお菓子買ってくるとポテチかお徳用パックなんです……よ」

冷ややかな視線が私を見下ろしている。調子に乗って失礼なことを言ってしまった。

「あーその、もう一個カゴいりますよね！　私取ってきます」

慌てて踵を返し、レジ横へ走る。先輩に対して何てこと言いやがる、と思われたに違いない。あーあ、どうしていつもこうなんだろう。樋田さんとの数少ない会話は、常に私が墓穴を掘って途切れてしまうんだ。苦手だと思うと、それが態度に出てしまうのかな。そうだ、きっとそう。

「会計は一緒でいいよ」

レジでお金を払い大きな袋をぶら下げて駅に着くまで、彼はその一言しか発しなかった。たぶん怒ったんだろう、そう思って私も黙ったまま後ろ姿を追いかける。背の高さの分だけ歩くのが速くて、新歓シーズンで人のごった返す駅前では危うく見失いかけたけど、でも「待って」とは言えなかった。

渋谷と横浜を結ぶ東急東横線の沿線にある最寄り駅。花見場所の河川敷には、ここから渋谷行きの電車に乗って、いくつめかの駅で降りなければならない。彼は定期券区域なのか、切符を買わずにそのまま改札へ向かおうとした。私の定期券は横浜方面で通学区間と反対方向だから、切符がないと入れない。さすがにこれは止まってもらわないと困る。

「あの、ちょっと……」

彼は何も言わずに振り向いた。やっぱり、まだ怒ってるんだ。表情筋がピクリとも動かない。最後の「待って」の一言は、またしても私の口の中でかき消えてしまった。

「その、私、切符、買わないと」

「どうぞ」

券売機のボタンを押している間、彼の冷たい——ように感じる視線が、背中に刺さる。居心地が悪い。ホームで電車を待っている間も、彼はあらぬほうを見ている。会話がなく、静かな分、余計に不快指数が増しているのではないかと心配になってきた。

ようやくやって来た電車に乗ると、横がけの長椅子が向かい合って一席ずつ空いている。席が空いていても立ったままの人もいるから、ここは目上を立てて樋田さんの動向を見守ることにしよう。

「……？」

彼が真っ先に座席のほうへ歩き出したので座るのかと思って付いていったが、そこを素通りして早歩きで奥の車両へ移動してしまった。行動が謎だ。

出遅れてあとを追うと、彼はすでに隣の車両に空席を見つけて座っていた。

「どうしてこっちに？」

「二席空いてるから」

言いながら、どうぞと隣を勧めてくる。わざわざ早く行って、スーパーの袋を置いて席を確保してくれていたのだ。厚意に甘え、袋をどけてくれたところにちょこんと腰かけた。横目でちらりと樋田さんを見遣ると、彼もこちらを見る。

「何？」

「さっきは、すみませんでした」

「さっきって？」

とぼけているというよりは、本当に何だか分かっていないようだ。生意気な口をきいて機嫌を悪くさせたのかもというのは、私の思い過ごしだったみたい。なんだ、気にして損した。適当にごまかし、また無言になる。

しばらくすると、今度は彼のほうから口を開いた。

「今年の履修は決まりましたか」

「ええ、大体は……って、ん？」

そう答えてから、私は違和感を覚える。この会話、初めてじゃない。

「私、前にも同じこと言った気がするんですけど」

「去年も同じこと聞いたもん」

「……あ！　もしかして、あのときの！」

一年前の今頃、あの薄暗い部屋の中で、入学以来初めてまともに言葉を交わした、低い声の男の人。そうだ、あれは確かにこの横顔だった。椅子に浅く腰かけ背中を丸め、重心を背もたれにかけている。元々そうなのか、わざと私に合わせてくれたのか、目線は私とほぼ同じ位置にあった。細く切れた目尻に黒く澄んだ瞳、少し色白な肌──花見会場に移動するまで一時間弱、緊張していた私を気遣って話しかけてくれたのに、それがこの人だったと今までどうして気付かなかったんだろう。「履修は決まりましたか」なんて完全な社交辞令だったけれど、その一言で随分肩の力が抜けたものだ。あのあと団体の中で離れ、宴会の席は遠くなってしまったから、横顔しか記憶に残っていなかった。

そうか、そうだったんだ。妙に納得して今一度、隣を見遣る。思い出したか、という顔で、樋田さんは初めて口元に笑みを浮かべた。去年と同じように座席浅めに腰を据え、背を丸め、目の高さを私に合わせながら。つられて私も微笑み返す。考えているより温かい人なのだと、そのとき初めて知った。笑うと、小さくえくぼができるということも。

電車が揺れるたびわずかに掠った肘先、それが当時、樋田圭介と私、上原潤子の距離だった。

＊＊＊

あれから、九年目の春。

カーブに入るたび、隣の人と肘がぶつかる。花見帰りの電車の中で、角の椅子を陣取って夢見心地に浸っていたら、昔のことを思い返していた。ああ、懐しい。あの頃は若かったな。自然と口元が緩んできて、端から見ればただの酔っぱらいだ。手のひらの高さに開いていた背後の窓から、春先夜分のまだ少し冷たい風が吹き込んでは頬をくすぐる。瞼を閉じ、しばらくそのまま揺られていたら、危うく自分の駅で降り損ねそうになった。

意識が飛ぶか飛ばないかの瀬戸際で思い浮かべていたからだろうか、その日の夢に彼が出てきた。夢の中の彼は少し凛々しくなっていて、でもどこか少年のような幼さの残る眼差しは変わらない。無意識の希望なのか、彼は笑みを絶やさなかった。その笑顔は、私だけに向けているの？　私のこと、覚えてますか？　私、あなたに聞きたかったことがあったんです。それに、言えなかったこともあるんですよ。

私ね、私、あなたのこと――。

欲張って幾つも言い出そうとするからだ。言い終わらないうち、ファンファーレに似たけたたましい音が頭上に響き渡り、その振動とともに彼の姿はみるみる霞んでいく。一瞬ひるんで目を瞑り、次に瞼が開いたとき、その身はベッドの中に横たわっていた。ファンファーレに聞こえたのは好きな時代劇のテーマソング。携帯電話が誰かからの着信を告げようとわめき立てていた。電気の点いていない暗い部屋の中で、それだけが目に痛い照明を点滅させている。

「……はぁい」

『おはよう。その様子じゃ、夕べは相当飲んだみたいね？』

聞き慣れた声がする。ああ、まさに昨日思い返していた洋美その人だ。

「ん……おはよ」

『いいわねぇ、今の時期の飲み会だとお花見かしら。桜、綺麗だった？』

「えー、うん、たぶん……」

『ふふ、花見行って二日酔いして寝倒れるなんて、いいご身分だわね。もう十一時よ』

「やだ、もうそんな時間なの」

ようやく頭がはっきりしてきて、私はベッドの中から這い出した。目覚まし時計のライトを点けると、確かに時計は十一時少し前を指している。そういえば、閉めきった雨戸の隙間からは、強そうな日差しの気配。土曜日だから親も起こしに来なかったのだろう。携帯電話を肩で挟みながら、まずはそのわずかな光を頼りに雨戸を開けた。

『今日仕事休みなんでしょう。暇だったらうちに来ない？』

「今から？」

『そ、今から』

窓の外、頭上には突き抜けるような青空が広がっていた。庭を見渡せる二階の私の部屋からは、ちょうど母が草木に水をやっているのが見える。ホース先端のシャワー蛇口から霧のような水が風に乗り、葉を濡らしては、太陽の光を反射させていた。こんな日に散歩をしたらきっと気持ちいいだろう、そう思い、二つ返事でおやつ時にお呼ばれすることになった。

洋美は今年二月に結婚した。相手は県内の大学で助教授をしている、土田暁彦《あきひこ》さんという人だ。大学のゼミの同窓生で五つ年上。彼女がゼミに入ったとき、彼はすでに博士課程だったので、在学中は存在自体よく知らなかったらしい。一年前、恩師を訪ねた際に教授から紹介されて知り合ったのだという。

彼女は絶対にキャリアウーマンになると思っていた。本人にもその気はあったようだったし、結婚しても家庭と仕事を両立させてうまくやっていけたはずだ。だのに、洋美はあっさりすべてを投げてしまった。そう言うには語弊があるだろうか。だがとにかく、縁談がまとまると即座に仕事を辞めて家庭を選んでしまったのだ。暁彦さんも法律関連の研究者だから、女性の労働はむしろ賛成だと聞いていたのに、なぜ？

理解しがたいという私の問いかけに、彼女は「職場を新橋から自宅に変えただけで、忙しいのに変わりないわ」と笑って答えた。洋美の潔さが、私には羨ましい。それと同時に、張り合う好敵手を失ったような気がして少し寂しかった。

職場が近かったので独身の頃はよく落ち合ったりもしていたが、さすがに結婚したらそれも絶えてしまうだろう。ますます心細く感じていたところ、結婚して引っ越してきたのは、なんと私の家から電車で二駅の町だった。一人っ子なのでなるべく親の面倒を見てやれるところに住みたいという向こうの意を汲んで、暁彦さんの実家近くを選んだのだが、それが偶然わが家の近くだったというわけ。だから、週末や私の仕事が休みの日には、一緒に横浜へ買物に出かけたり彼女の家へ遊びに行ったりしている。独身時代を通り越して、まるで学生時代に戻ったみたいだ。

定期券と財布を小さなバッグに入れ、電車に乗った。平日の朝が嘘のように普通電車はがら空きになっている。彼女のマンションに着き、表札に「土田」と書いてあるのを見ながら、はて、ここで本当によかったかなと一瞬不安になった。結婚したら苗字を向こうに合わせると聞いて、彼女の呼称を名前にしておいてよかったと真っ先に思った。長年付き合ってきた友人の苗字が変わるのは今まで何度か経験しているが、どれもすぐには慣れない。

ベルを鳴らすと、応答もなくドアが開いた。

「いらっしゃーい、飲んべえさん」

「ひどいな、そんなに飲んでないよ。あ、まさか、お酒の臭い残ってるとかないよね」

「平気平気、ちょっとからかってみただけよ」

洋美は笑って、どうぞと中へ誘う。家に呼ばれるのは三回目だが、いつ来ても部屋の中は綺麗に片づいている。真新しい食器が棚に並び、まだ染みひとつないまっさらなソファに腰を落とせば、柔らかすぎて後ろに沈み込んでしまいそうだ。今のところはまだ人が呼べるわね、と洋美。実家にいるときは掃除が大の苦手だったのに、新しい生活はそれだけで刺激になっているようだとも言っていた。私を招くのも、一種のバロメータなのだろう。

「紅茶でいいかな？」

綺麗なカップは揃いのティーセットらしい。近所においしいケーキ屋を見つけたとかで、今日はその店のお薦め、桜ケーキをふるまってくれた。半円形のスポンジに薄桃色のクリームがデコレートされ、桜の塩漬けと花びらの形のチョコレートが頭にちょこんと乗り、全体にはピンクソースがかかっている。さっぱりした甘さで、なるほどクリームにはほんのり桜の匂いが漂った。

「ところで桜味って、どうやって決めてるのかしらね」

「確かに、それ気になる」

桜をナマで食べたらこんな味なのかしら、などとくだらないことを言いながら、ケーキの味に舌鼓を打った。まったく、女の至福の時は甘いものを食べているときだなぁとつくづく思う。「甘いもの苦手だから」なんて言う男は、その神経を疑うわ。

皿の上のケーキは、十分も持たずして跡形もなくなった。洋美はケーキ皿を下げるのと入れ換えに、ダイニングのテーブルに置いてあった、ちょっと分厚い封筒を取って持ってくる。

「返すの遅れちゃったんだけど、ありがとうね。式のときのスナップ写真も焼き増ししたから一緒に入れといたよ」

「おお、すっかり忘れてた。サンキュ」

中身は、我が家にあった昔の写真。それと、今年二月にあった結婚式のときの写真。昔は何かにつけマメにカメラを持ち歩く人間だったので、洋美の披露宴で流すビデオに入れる〝思い出の写真〟というのを供出したのだ。

改めて自分の貸した写真を開いて眺めていると、洋美が突然切り出した。

「そういえば、圭《ケイ》先輩とはその後会ってないの？」

その呼び方すら懐かしい。別に手元の写真に彼が写っているわけではなかったし、洋美も単なる話題振りであって他意はないのだが、昨日ふと思い出して感傷にひたったことを見透かされた気がして、少しドキリとした。しかしあくまで冷静に、こくんと一つ頷く。すると洋美は、眉尻を下げていかにも残念そうな顔をした。

「やっぱりあのとき、嫌がられても追いかければよかったんじゃない。お似合いだと思ったんだけどなぁ」

「仕方ないよ、時の運っていうのもあるし。まあアレさ、つまり私も、まだウブだったってことじゃなぁい？」

プッと二人同時に吹き出す。笑い話になるくらい、もう年月は経ったんだ、だから大丈夫。ふいに、そうやって心の中で一つひとつ何かと確認している自分がいた。

「元気だといいね」

洋美がポツリと呟く。

「そうだね」

伏し目のまま、私は答えた。

洋美と私の二人で撮った写真の一枚、その後方でピンぼけはしているが、シルエットからおそらく彼と思しき人影が写っている。それを私は指で軽くなぞった。指先を伝って懐かしさが去来する。

洋美の家から帰る途中、大岡川沿いの桜並木に差しかかった。満開の桜の花びらが、紙吹雪でもまき散らすかのように、水面めがけて急速に吹き込んでいる。水はゆっくりと、しかし着実に動いていて、川岸に繋がれたボートの周りやゴミ止めのネットの辺りは、足を乗せられるのではと錯覚するほどの分厚い花絨毯ができ上がっていた。

それらを眺めながら歩いているうち、次第に目が離せなくなって足を止めた。柵に両腕を置いて空を見上げ桜木を仰ぎ、そして眼下の川に目を落とす。

学生時代、好きな人がいた。背の高い人だった。横顔の綺麗な人だった。無口で一見無愛想だけれど、時折、はにかんだように笑う。怒ったところは見たことがない。一緒にいられるだけで嬉しいと思えた、そんな人だった。今なら恥じらうこともなく、その人を「私の一番好きだった人です」と言えるのに、なぜその一言、九年前には言えなかったのだろう。何度も何度も喉の奥を震わせておきながら、たった二文字を音にして吐き出すことだけは、ついぞできなかった。

今でもふとしたとき、無性に寂しくなる瞬間があるのは、私の中心軸についた大きな古傷が時折風にさらされ吹き抜かれて痛むからだろうか。一方的な私の寄辺だった、あの人を失って。

間もなく、桜は花の季節を終えて黄色に近い芽が現れ、あまり美しい体を成さなくなる。それらはやがて若緑を帯びて葉桜へと変わり、五月になった。

皐月

ゴールデンウィークも終わり、またいつもの出勤生活に戻る。今年は有休をうまく使うと十連休だったとかで、旅行帰りの人の顔はまだ休み惚けが抜けないようだ。私は特にどこへ出かける予定もなかったから大型連休なんて関係のない話だけれど、この時期はお土産の菓子折が回ってくるから、それはそれでありがたい。

「気を付けてくださいね、先輩」

早速もらいものの饅頭を給湯室でほおばっていたら、やってきたマリアが開口一番、低い声を発した。挨拶代わりの暗い呟きと必要以上に俯いて影のかかった顔は、相当の危険信号と見た。

「何があるの？」

「今日の定例会議、クワ公が来ます」

「げぇっ」

あの男が来るのか。皆が小馬鹿にして呼ぶ、通称クワ公こと、産業機械第一部の桑田公一郎。小金持ちのボンボンで、見るからにマザコン、近頃には珍しい完全なコネ入社な上に、絵に描いた無能クンで頭も悪い役立たず。背だけが馬鹿みたいに高くて、顔は不細工だし愛想も悪い。さらには仕事より女、いつも女の尻を追いかけていると揶揄されるほど、見境なく声をかけている。

ただやみくもに当たっているだけならまだしも、最大に問題なのは、とてつもない勘違い男だということ。極端に言えば、相手が「ありがとう」とか「嬉しい」とか一言でも社交辞令を言うと自分に気があると思い込み、しつこくつきまとってくる。適当にあしらっても「素っ気ない態度で俺の気を引こうって魂胆だな」などと勝手なことを言うから、もう一切が通用しない。会社中の女がクワ公を嫌悪していると言っても過言ではない。

今日は午前中に部署の定例会議がある。隔週、毎回各部署から何人かずつ持ち回りで出席しなければならない。普段は同じ階でもブースが離れていて顔を合わせることはないのだが、それがよりにもよって私とマリアの出席する日にクワ公が当たるだなんて、なんと運が悪いんだろう。私もマリアも、クワ公にはえらい目に遭っている者同士だから、この名前が出るたび、イヤな気分になる。

半年前のことだ。残業で一人帰ろうとすると出口で偶然クワ公と一緒になった。噂はある程度耳にしていたが、そのときはそこまでひどいとは知らなかったし、しつこく誘ってくるので断るのも悪いと思い、駅前で一杯だけお茶を飲んだ。すると翌日からメールの嵐で、最初は適当に返事をしていたが、徐々に内容が趣味は何だ、休日はどうしてる、オススメの店があるから云々と、プライベートなことまで突っ込んでくるようになった。それがどんどんしつこくなっていくので、メールに気付かなかったことにして無視していたら、今度は突然「ふざけんな、顔貸せや」みたいな文章が何通も送られてきて、一時は本気で社内の相談室へ行こうかと思ったくらいだった。

そのとき、偶然そのメール画面をマリアが見て「怒って反応見るのがこいつの常套手段だから、反応しなければすぐに諦めますよ」と言ってくれて、事なきを得、さほど思い煩わずに済んだ。マリアのほうはもっとひどい。私の一件より少し前、クワ公が床にぶちまけた書類を拾ってあげたことがあったのだが、それだけで一カ月もつきまとわれた。どこから番号を仕入れたのか携帯にまで電話をかけてきて、あれじゃまるでストーカーだ、とマリアはその話になるたび顔を赤くして怒っている。

気移りしやすく放っておけばすぐに収まる男であり、今のところ訴えられたりといった物騒なことにはならないが、その分周りの信頼は悉く失って、ろくな仕事を回されないらしい。今から窓際族とは、それはそれでお気の毒さま。

「先輩、来ました」

見つからないのは無理でも、せめてあの男の視界に入らないよう、私とマリアは軽く寄り添って首をすくめた。クワ公は相変わらず不機嫌そうに会議室へ入ってくる。そんなに面倒なら普段の仕事と同じように他人へ押しつければいいし、そもそも仕事が嫌なら会社なんて辞めればいいのに、こういうタイプの男はなぜか社会的地位にだけはしつこく食い下がる。だから余計に、周囲は冷めた視線をクワ公へ送るのだ。

みんなに馬鹿にされてもそれをものともせず、毎日出勤してくる神経ってすごいと思う。ああ、きっと動じていないんじゃなくて、気付きもしないんだろうな。それにしても、最近太ってきたんじゃないの。腹回りのだぶつきが目立っている。ボンボンの割に着ているものは貧相というか、お高いものかもしれないけど、しわが寄っているし色あせて見える。顔も洗ってないのかいつも油ぎって見えるし、それで自分は女にもてると思ってるなんて、呆れるの通り越して哀れになっちゃうわ……。

嫌いになると、とことん嫌なところが目についてしまう。気付かれまいと縮こまっているわりには実は結構じろじろ観察しているのだ。私も、十分意地が悪いのかもしれないな。

しかし、クワ公が入ってきて真っ先にマリアの放った言葉が、「また太りましたね、あの男」だったのには、少し笑った。

ところで、それほど他人から相手にされないクワ公でも、一人だけつきまとっている女がいる。お局《つぼね》、キナコだ。これもやはりあだ名で、本当の名はなんとか清子《きよこ》というらしい。彼女について皆が口を揃えて言うのは、「老け女」の一言。高い化粧品に高い服を身につけ、髪はいつもアップでうなじを見せている。本人は大人の女を気取るのだが、痩せていてかなり小柄、関節の出っぱりが見て取れるシャツの肘は骨張っていて変な悲壮感が漂う。目の回りはくぼんでいるし、上に乗せるファンデーションは舞台化粧のドーラン並みに分厚く、口紅も今どき流行らないテラテラの赤。本当は私と同期なはずなのに、今や彼女が二十代と知っている人間すら少ない。

さらに残念なことに、クワ公同様、彼女の口からは「モテてモテて仕方ないのよ」という言葉ばかりが溢れ出すが、大勘違いであることは……もはや言うまでもない。

お互いに勘違いの気があって、お互いに「こいつはただのキープ」と思っているから、いつまで経っても縁が切れず、付かず離れずの関係を保っているらしい。どちらかというと、今はお局のほうがやや優勢、クワ公は尻座布団というところか。

誰かが言った。お局キナコに首輪付けられて、犬みたい。だからクワ公だ、と。

会議中はパワーポイントを使ったりして室内が暗くなっていたので気付かれることはなかったが、終わって電気が点き、彼らが出ていこうとしたところで見つかってしまった。クワ公が、恨めしそうな顔で私たちを睨み付けてから立ち去る。舐めるような視線、朝から気持ち悪い。お局キナコも「ふんっ」と鼻息荒く退出していく。彼らが扉の向こうに消えて、私たちはようやく肩の力が抜けた。

「睨まれちゃったね」

「そうですねぇ」

「さ、戻ろうかマリア」

「はぁい」

二人で深く溜息を吐きながら会議室をあとにし、廊下をとぼとぼと歩いて戻った。これでもう、暫くは厄日でない限り顔を合わせることもないだろう。

「ああいうのをウドの大木って言うんですよね」

「あそこまで行くともう、大木より巨木だわ」

実年齢と精神は必ずしも比例せず、また合致もしないということは、大学そして社会に出ていやと言うほど身につまされてきた。あれほどひどいのはさすがに稀だけれど。

それにしても、同じ背が高いのでも、同じ男でも、どうしてこれほどに人格が違うのだろう。思い出の中のあの人は、大人びすぎることはないけれど、しかし常に私より前を歩いている人だった。最初に感じたのは憧れに似た感情で、だからこそあの背に追いつこう、その肩に並ぼうと、必死に追いかけていた。

彼が部室に寄る日を気にし出したのは、ちょうど今くらいの時期だっただろうか。

＊＊＊

木曜日は四限に授業がないので、五限まで時間をつぶさなければいけない。四月の間は駅裏の商店街をぶらぶらしたり図書館にこもるなどしていたが、今日は久しぶりに部室棟を覗いてみることにした。

「こんにちは」

ドアを開けると、部室中央の机に集まって数人の先輩が談笑している。

「あら潤ちゃん、四限空き？」

「うちらこれから授業なんだけど……」

皆、次の時間の講義があるらしい。相手をできないことで申し訳なさそうな顔をしたあと、一人が思い付いたように隣の人物へ声をかけた。

「ああそうだ、圭は次の時間空きだよな」

「……ん？」

その人は半分うたた寝をして机に突っ伏していたが、いつものそっけない返事で上体をむっくり起こす。

「鍵、置いてくからよろしくな」

部室は時々盗難騒ぎがあるので戸閉まりが厳しく、最後に出る人が鍵を閉めて一階の管理室へ返却する決まりになっている。これを忘れると一点減点、五点貯まると強制退去。まるで交通違反のペナルティのようだ。

そして、先輩たちは各々授業のために部室を出て行った。部屋には彼と私だけが残される。

「お久しぶりです、樋田さん」

「うん」

花見の席以来、樋田さんは活動日に顔を見せなかったので、随分会っていないような気がしてしまう。私は机を挟んで向かいの椅子に座った。

このところ就職活動であちこちの会社を回っていて、あまり学校に来ていなかったらしい。また、四年になると授業の数も減り、変に空き時間が増えて困ると彼は言った。

「でも、これからは真面目に授業に出ることにしたんだ」

「じゃあ内定が？」

「うん、通信機器会社なんだけどね」

「おめでとうございます」

ありがとう、そう言って笑う彼の頬にえくぼが浮かぶ。

四年生がリクルートスーツのまま授業を受ける光景をよく見ていた。もはや試験や面接がなくなった樋田さんは、もちろん私服を着ている。話を聞きながら、スーツ姿の彼も見てみたかった、そんな呑気なことを考えた。上背も体格もあるから、きっとよく似合うだろう。

結局、その後部室には誰も現れず、二人で次の授業時間までまったりと、就活の様子や授業のこと、先日の学長選挙のことなど、たわいのない話をして終わった。

それからというもの、私たちは木曜四限の空き時間、特に約束もなく部室で顔を合わせるようになった。他に暇つぶしの手段も思いつかなかったし、互いに「部室に一人でいさせるのは可哀相」という心が働いたのかもしれない。

私が思っていたよりもずっと、樋田さんはよく喋る。誰かと二人きりでいると、次の話題に困って会話が詰まることがある。しかし彼と話しているときはその心配がない。話題がいつまでも途切れないこともあれば、しばらく黙っていて急に話しかけてきたりもする。会話の沈黙を不快とせず、気まずい気分にならないというのは気を遣わなくて楽だった。

彼は話の最中、ずっとA４のスケッチブックを抱えている。彼が常にリュックに入れて持ち歩いているもので、下書きやデッサンに使う、いわば落書き帳のようなもの。今日も会話中に手を動かしているから、何を描いているのかと思えば、部員の誰かがテーブルに放置していったプラモデルのロボットらしい。その紙面がわずかに視界に入るのだが、反対側から見ていても一目で上手そうだと分かる。

やがて、「できた」の声代わりに彼は鉛筆を机に置いた。先刻から気になってじろじろ覗いている私を見遣って、「見るの？」と聞いてくる。思わず頷いた。

樋田さんはいつも物静かで、声を荒らげたり喧嘩したりすることもない。興味のあることには童心に帰ったように熱中するが、自分勝手な感情の垂れ流しは一切しない。何盆に満ちた水は、たとえ波打っても縁からこぼれることがない、そんな雰囲気だ。何を聞いても何を喋っても、面倒がることなく言葉を返してくれる。「ん？」という独特の返事も、やがてまったく気にならなくなった。

「このスケッチブック、前のほうも見ていいですか」

「ん？　ああ、いいよ」

一ページずつ前に遡る。風景画や動物の絵が目立った。部室の窓から見える向こうの校舎、どこかの屋上から見たのだろうか、俯瞰で描いたビル群もある。他にも、家の近所にいたという犬、川にかかる橋、みなとみらいのランドマークタワーに観覧車。彼曰く、これらスケッチの中から気に入ったものがあれば、それを後でキャンバスに起こすのだとか。だが鉛筆画でも丁寧に描かれているので、これだけでも完成品に思えてしまう出来映えだ。中でも、特に前のほうは自然風景が多い。一番最初のページには、美しい桜並木が描かれていた。

「しだれ桜の並木道？　こんなに綺麗に咲くところがあるんですね」

「それはうちの実家の近く」

「え、樋田さんって下宿生なんですか」

「下宿って言っても叔父さんの家に居候なんだけどね。ああ、言ってなかったっけ。角館《かくのだて》って分かるかな、秋田県の内陸の」

　訛りがまったくないから、てっきり東京の人だと思い込んでいた。私はどうも人を見る目がないらしい。第一印象から人物観察まで、ことごとく予想を外している。

　それから彼はひとしきり、故郷の桜の話をしてくれた。

「このしだれ桜は、昔角館にいた殿様が、奥方のために植えたのが始まりなんだ」

　角館に居を構えていた殿様は、念願だった京都の公家のお姫さまを妻に迎えた。しかし都暮らしだった姫はなかなか東北の地に慣れない。嫁ぐ際に実家から携えてきた桜の苗木を眺めては、もう生きているうちに帰ることはない都へ思いを馳せ、溜息をつく日々を送っていた。姫にどうにか笑顔を取り戻させたいと思った殿様は、その苗木を植え替え、子分けして領地の至る所に植えさせた。それがやがて桜のトンネルと称され、現在の角館名勝の起源になっている。

　ちなみにしだれ桜があるのは「武家屋敷」と呼ばれる一帯で、さらに近くを流れる大きな川の岸辺にも、昭和になって植えられた染井吉野の木立が二キロにわたって続いているという。

「上原さんも、一度機会があったら見に来るといいよ。不便だし田舎であんまり自慢できるものはないけど、それだけは一見の価値があると思う」

めずらしく饒舌な彼を見ていて、私もその桜を本当に見たくなってきた。今年は今が散り際だろう、と彼は言う。スケッチを見ているだけで、薄桃のしだれ桜の、大きくしなって風音を立てる様子が目に浮かぶようだった。

＊＊＊

考えてみるとそれで見た気になったのか、しだれ桜を実際に見に行くことはこの九年間、一度もなかった。忙しさにかまけたというよりはある種の負い目があったというほうが正確だろうか。

あの頃、私は週を重ねるごと、木曜日に部室を覗くのが楽しみになっていった。樋田圭介が経済学部の四年生で部活の先輩だということ以外何も知らなかったから、会うたびに印象の変わるのが楽しくて仕方なかったのだ。それがどういう感情なのか、まだ私にははっきりと分かっていなかったけれど。

「……さん。上原さん」

「へ？」

デスクでほおづえをついていた私は、まったく素っ頓狂な声を上げてその声の主を見上げる。

「五月病ですか？　新人くんじゃないんだから、しっかりしてくださいよ」

特に用があったわけではないらしい。たまたま通りかかったのであろう神原さんが、苦笑しながらそう言って立ち去った。そういえば新人の奈良が典型的五月病になって、たまに天を仰ぎ呆けていると聞いた。まさか私がこの年で五月病？　そんなはずは……。

気を引き締めなきゃ、と自戒しながらも、彼のことを思い出すと自然と動きが鈍くなる。大学以後、彼のように穏やかな空気をまとった男の人には巡り合わない。逆に遭遇するものといえば、ウドの巨木――途端に淡い思い出を踏み砕いて、今朝のクワ公とお局が現れた。

「あーもう、やだやだ！」

とにかく早く消えてくれとばかりに、慌てて首を左右に振った。

水無月

排水溝を水の流れる音が響く、六月の部室棟。

換気が悪くジメジメした部屋の中で窓を撫でる雨粒を見つめながら、樋田さんが脈絡もなくいろいろな話を始める。内容はさして重要なことではない。バイトをしているか否か、高校のときの部活の話、樋田さんが初めて東京に出てきたときの話、等々。私が中学受験をした話をすると、小学生で塾に通うのは信じられないと言われた。私にとっては夏休み中に登校日がある上に、休み自体が短くて八月中に二学期が始まるという、東北の学校制度のほうがカルチャーショックだ。

「兄弟とかいるの？」

「妹が一人」

「いくつ？」

「十五で、今年中三です」

「結構離れてるんだね」

樋田さんは、と尋ねると、彼は一人っ子だという。

「それじゃあ卒業したら地元に？」

「ううん、両親には悪いけど、しばらくこっちでやらせてもらおうかと思って。先のことは分からないけど、できれば東京にいたいかな、今は」

話が尽きると、彼はおもむろにスケッチブックの新しいページを開いて抱え込み、鉛筆を動かし始めた。

「何を描いてるんですか」

「ナイショ」

「ケチ」

「描き終わったらね」

暫くの間、彼のスケッチする姿を眺める。樋田さんは、目線を落とすとまつげの影ができた。意外とまつげ長いんだ。集中すると唇が突き出て、まるで子どもみたい。手は右利き、描いているときに足は組まない。両足を少し広めに開けて「しっくり来る」らしいポジションに固定している。

髪は短く立てていて、おでこは狭すぎず広すぎない。髪は染めたことがないのか真っ黒で、動く度に生え際が見える。髪質や生え方を見ると将来ハゲそうには見えないけど、でもこんな人でも二十年、三十年もしたら、予想に反してバーコードオヤジになってしまうのかしら。何十年ぶりに再会して見るも無残な姿だったら、それはさすがにショックだわ……などとくだらない考えに耽っていると、樋田さんが急に顔を上げてこちらを見た。びくっと反応してしまったが、彼は何も言わず再び紙上へ目を落とす。少しするとまたこちらを見て、と同じことを繰り返した。何をしているんだろう。私の失敬な思考回路を読まれた、なんてことはないよね。

それからまた少し経ち、彼はようやく姿勢を解いて、隠していたスケッチブックをこちらに差し出した。

「はい、できた」

受け取ってまじまじと眺めれば、そこに描いてあるのは女の子の首絵図だ。前髪の分け目が向かって右側にあって、くせのついた毛先は肩に付くか付かないかのショートボブ、着ている服はV襟のカットソー。首を軽く横に向けて、にこやかに微笑んでいる。どこかで見た顔、いや、見慣れた顔だ。

「これって――」

私、よね。線の濃淡で毛先の感じや顔の表情がよく出ている。絵がうまいのは知っていたけれど、短時間にこれほど細かく人物を描いてしまうなんて、やはりすごいの一言しか出てこない。

「似てないかな」

「いえ、これじゃ綺麗すぎます」

「サービスです」

「なっ」

最近は冗談も言い合うようになった。私の描いていた樋田圭介のイメージは、ゆで卵の殻のように、日々パリパリと音を立てて剝けていく。その不思議な気分に、私はすっかりやみつきになっていた。

突然、彼は思いもしないことを言ってくる。

「上原さんも描いてみますか」

なんてことを言うのかしら。私が美術サークルというものに所属し、この部室に存在していること自体、極めて偶然の産物であって、美術展くらいはたまに見るけれど、造形・描写の類は不得手であることを、すでに打ち明けているはずなのに。

「そんな、絵なんて私は」

「はい、どうぞ」

彼は白紙を広げて机に載せた。いいから描いてみろということらしい。わりと強引なのね。

促されるまま、適当に鉛筆を走らせる。いや、走るというほどなめらかな動きにもならなかった。写真を撮るのは好きだが、絵画はそこまで熱心に追いかける対象ではなく、サークルに入って初めてゴーギャンとかミュシャとか、画家の名前を覚えるようになった。高校のときの美術成績は芳しいものではなかったし、それに樋田さんのように人体やモノを正確にデッサンすることもできない。ただ、唯一小さなキャラクターイラストを描くのは得意だったので、とりあえず洋美の姿をデフォルメし、アヒルに見立てて描いてみた。樋田氏を見ると上々の反応。続いて先代部長、現部長をはじめ数人の先輩を描く。これもウケてくれたらしい。

そして最後に、もう一体書き加えた。樋田さんの眉がぴくりと動く。

「これは僕ですか」

「あはは……はい、すみません」

描いたのは、クマもどきの樋田さんの絵。糸目で、けだるそうにぶらりと手を垂らし、のそっと立ちつくしている。さすがにこれはまずかったか。元々、彼の高尚なスケッチブックの合間に私の幼稚な絵を挟むこと自体、おこがましいというものだ。

彼は思った通り怪訝そうな顔をしたが、しかしすぐに目尻を緩めた。怒ったのではなく単なるフリだったようだ。だが、きちんと絵をやっている人間から見れば不快に思われても仕方ない。冷汗は引っ込んだものの、それでも言い訳が口をつく。

「絵心がなくて」

「いや、いいと思うよ。僕は好きですね」

好きですね、の言葉に一瞬動揺した。無論、主語が「この絵」なのは分かっているが、真正面からそういう台詞を言える人は久しぶりに見た気がする。お世辞じゃないことも伝わったし、性根のまっすぐな人なんだと改めて思った。同時に一年以上の間、ひねくれた目で彼を見ていた自分が恥ずかしくなった。

＊＊＊

「時間が有り余っているのかね、上原くん」

大竹課長の冷たい声で我に返る。気付けば書類の端に、あのときのクマの絵に似せてカリカリと落書きをしていた。しっかりしろ、とお灸を据えられた。もう、今日は朝から傘を忘れて途中で雨に降られるし、ホントにツイてない。そういえば先月も同じことを注意されたような――そろそろ五月病じゃ済まされなくなってしまう。しっかりしろ、自分。

学生時代、授業中プリントの欄外やノートの合間に取り留めのない落書きをしていた。久しぶりに懐かしい感覚が右手に残る。とはいえ、クマの絵が入った書類をそのままにしておくことはできないので、そのページだけもう一度印刷をやり直した。

印刷命令をかけた刷り直し書類が出てくるのをプリンタ機まで取りに行くと、マリアとはち合わせになった。

「どうしたんです、それ」

一枚だけ印刷した資料を不思議そうに見る彼女。

「ちょっと、ね」

落書きしてボツにした、と言うのは気が引けるので適当にごまかす。すると彼女は
「それはそうと」と耳元に声を寄せた。

「先輩、お昼行きません？」

正規の昼休みにはまだ少し時間があるが、早めに抜け出さないか、というのだ。

「グランドホテルの地下に新しくレストランができたんですよ。で、お昼時のランチが手頃で美味しいらしくって」

「あ、知ってるそれ。私も行きたかったのよね」

十二時まで待っていたら行列になるのは必至。五分前、お手洗いに行くふりをしてお互い別々に職場を出て、ホテルの前で待ち合わせることにした。

店に入ると、早めに来たのがよかったらしく、すぐに席へ案内される。早速ランチセットを二つ頼んでしばらく話をしていると、マリアの携帯が短く鳴った。画面を真剣な眼差しで見つめた彼女は、ふいに私に問いかける。

「先輩、合コン来ませんか」

メールの中身はそのお誘い文だったらしい。

「やだよ、この年で」

「私の同級生ってことにしちゃえばいいじゃないですか。先輩、見た目若いから全然いけますよ」

「いいって」

「えー、今回は条件いいのにな」

「大体、合コンでまともな付き合いできると思えないな。酒が入らないと話がはずまないなんて」

「やだ、先輩ったら頭固い！　もっと気軽に考えればいいんですよ。私だって別に結婚相手だけを求めて参加してるんじゃないですもん」

「そうなの？」

「いくら大事なパートナーだ彼氏だって言っても、この年になってただ『好き』っていうだけじゃ付き合えないでしょ。いろいろ条件が付いてくるし、妥協もしなきゃいけない。年齢、年収、ルックス、性格、趣味嗜好、雰囲気、将来性、あと離婚はしたくないから、浮気性があるかないかとか」

そう言って条件を数えるごとに、マリアは指を折る。随分と注文が多いな、と思いながらも、我が身を振り返ってみれば確かにそれくらいはありそうだ。

「そういうの淘汰していくには、やっぱりたくさんの男を見比べて、自分の理想と現実を照らし合わせるしかないと思うんですよ」

「なんかサンプリングみたいね」

「そうでもしないと、結婚できても泣きを見そうでイヤなんです。会費だって男性陣が多めに払ってくれるし、いつもより安くお酒が飲めて一石二鳥。それで、もし理想に合致する人がいたら三鳥ですよ。損はないと思うけどな」

でも世の中そんなに甘くない。とんでもない男ばかりの合コンだったらたとえ全額奢りでも帰りたいと思うし、クワ公みたいな勘違い男に付きまとわれるかもしれない。いつまで続けるつもりなのかと尋ねれば、極めて冷静な答えが返ってきた。

曰く、二十九までは理想を求めて突っ走るという。相手は三十代前半までの年収八百万以上、背は高くイケメン、学歴そこそこ、成り上がり者は却下、浮気者は断固拒否。三十歳目前になった辺りから一つずつ条件のランクを下げていき、まずは身長、顔はとりあえず片目をつむり、年収よりは金銭感覚を優先、年齢も少し引き上げて、でも学歴と職業は捨てがたい。最終的には三十五までに結婚し家庭に入って子どもは二人から三人産む……まだ若いのに、かなり堅実な計画を立てているようだ。

「三十超えちゃったら、バツイチのおじさまを狙いますね。老い先短くても、蓄えがあるなら考えてもいいかなって」

「へぇ」

自らの将来設計をスラスラ言ってのける彼女に感心しきっていると、マリアは「で、どうします?」と再度尋ねてきた。

「いや、やっぱ遠慮しとく」

「分かりました。気が変わったらいつでも言ってください、セッティングしますから」

「ご心配ありがと」

マリアは早速メールの返事を打ち出した。私もこの子のように、最初から現実を見据えた考えを持って行動していればよかったのだろうか。理想だけは馬鹿みたいに高いくせに、パートナーとの出会いにはいつも偶然性や運命性を求めようとする。恋愛も結婚も時の運だ、そんなことばかり言っているから、今の生活リズムではお婿探しに望みは薄い。かといって合コンに参加しようという気概もなく、色めいたメールは来もしない……そんなふうに半ば恨めしくマリアがボタンを打つのを眺めていると、ポケットで私の携帯のバイブも震え出した。何かしらの期待を抱いて画面を開く。

『久しぶりに旅行に行きたーい!』

なんだ、洋美か――なんて不満を漏らしたことがバレたら怒られそう。

学生時代、洋美とは長期休暇のたびに方々へ出かけていった。このタイミングで誘いのメールが来るなんて、私には洒落た合コンよりこちらのほうがお似合いだということなのだろうか。「計画立ててくれるならいいよ」と打ち返した。数分もせず、希望地や観光したいものを聞かれる。

昔から現地に行くまでの手配は洋美がやって、当日地図を見るのは私だった。単に洋美の方向音痴が分担の理由だ。適当に「お寺と温泉」と言ったら、ババ臭いなと返されてしまった。後日また連絡が来て、日取りは私のお盆休みに合わせ二泊三日ということになった。

文月

われらが産業機械第二部は、酒の集いが他部署より多いところだと思う。誰からともなく声がかかって、自由参加だが集まりもいい。お酒が苦手な人や家庭のある人は当然パスするけれど、来たからどう、来ないからどう、という雰囲気もなく、とにかく自由。要は仲間内でどんちゃん騒ぐのが好きなんだ。日々の職場が和気藹々としているのもそのせいだろう。

今日は渋谷で暑気払いだという。まだ七月終わりだというのに、これから何回「お払い」する気なのか。とは言いつつも、外回りをなるべく早く切り上げて合流しようとするのは、結局私も同じ部類ということか。

「宮益坂あがって左側の……」

メールで指示された内容を頼りに、会場を探して小走りに進む。渋谷は不慣れだが、意外にすぐ見つかった。今日はどうやらビアホールらしい。

「——あれ？」

店のある横道にたどり着いたとき、私は妙な違和感を覚え、一瞬立ち止まった。そうだ、ここは昔サークルの納会で何度か来たことがある店なんだ。この辺りは入れ替わりが激しく、すぐ店が代わってしまうから、十年前の店が今も変わらず営業しているというのは少し嬉しくなってしまう。

まだお酒の味もよく分からない年頃だった。年齢から言っても本当は――？　あまり皆まで語るまい、団体に紛れごまかしては飲み会にも参加した。

いつ咎められるかと、内心ドキドキしながらくぐった飲み屋の入り口。およそ十年を経て同じ扉を開けている。ふと新鮮な気分になり、私は足取りも軽く店内へ乗り込んでいった。

＊＊＊

サークルでは、前期テストの終わる七月末に納会をするのが恒例だ。所属人数が多いので、たいてい予約する店は限られてくる。このビアホールもそのうちの一つ。屋外のテラス席は風通しがよく、去年一度来ただけだが気に入っている。

「じゃあ適当に座っちゃってください」

宴会係の人の号令で、一同は銘々自分の席を確保する。最近部長のことが気になり始めていた洋美は、皆がバラけだす中、「ちょっと行ってくる」と言い残し、その先輩の近くへこっそり近寄っていった。学部も学年も違うし、大人数のサークルではこういうときでないと言葉を交わす機会も少ないから、彼女なりに一生懸命なのだ。彼女を快く送り出したあと、向かいの席は相方がいなくなって、並べられたおしぼりとコップ、箸だけが空しく残されていた。

「ここ空いてるの？」

その椅子に手を置いたのは、樋田さんだった。

「どうぞ」

「どうも」

よかった、知らない人が来なくて。

間もなく神妙な面持ちの部長から前半の活動総括と期末試験を労う言葉。誰かが「いいから早く飲もうぜ」とけしかけて、なし崩し的に乾杯の歓声が上がった。ビールジョッキをかつん、と互いに当て、前期納会が始まる。

ぷはー、とやるのは気が引けて、ジョッキのふちをかじりながら正面の樋田さんを見る。彼と飲み会の席で一緒になるのは、花見以外では初めてだ。普段部室でボソボソ話しているときと違って、酒が入ると機嫌がよくなるらしく、樋田さんは終始笑顔だった。図体も大きいから よく飲むのかと思いきや、乾杯こそビールだったが、時間が経ち皆ができ上がる頃には、自分のグラスの中身だけをこっそりウーロン茶にすり替えていた。ちゃっかりしている。

しかし、それを他人事のように眺めていたのが間違いだった。

「やだ、樋田さん私のに焼酎入れたでしょ！」

甘いカルーアミルクを飲んでいたはずなのに、辛いような苦いような、変な味になっている。途中で異変に気付いた喉は、吐き出しはしないものの急激に収縮した。確かさっき、他の先輩が樋田さんに焼酎のグラスを押しつけていた。しかも中身は純粋に焼酎系の飲み物だけではなかったようだから、もともと相当変な味がしていたはずだ。ちゃっかりはいいけれど、人に押しつけるのはやめてほしい。

「ばれたか」

「ばれたかじゃないですよ、自分のお酒は自分で処理してください」

さすがに少し怒ったら、樋田さんは「ごめんごめん」と言ってひょいと私のグラスを取り上げた。

「あ、ちょっ」

止める間もなく、一気に飲み干してしまう。瞬間、彼が飲んでいるのにまるで自分が一気飲みをしたかという錯覚に陥るほど、目の前が揺らいだ。

樋田さん、それは取り合わせがよくないというか、実際かなり不味いはずですよ。

吐いたりしないですよね。大体「処理しろ」っていうのも単に言葉のあやで、本当に飲んでどうにかしろって意味じゃなかったんです。それにそれに、何と言いますか、つまりそれは間接キ……と言うのではありますまいか――。

アルコールの回った頭は思いもしない出来事に混乱して、心に浮かんだ言葉の何一つも口から外に出すことができなかった。頰が熱くなるのも、単に酒のせいだけだとは思えない。ただ彼の豪快な行動は、驚きはしても気持ち悪いとか不快だとかいう印象は一切抱かなかった。私を中心軸にして同心円に広がるテリトリー、その中で樋田圭介という人間は思っていたよりもさらに円の内側にいた。

さて、そんなこともあってアルコールの回りが早くなったのか知らないが、今日はかなり酔っぱらった。店を出て「あれ、どちらの道が駅だったかしらん」と左右に首を振った時点で、本日最後の理性が「家へ帰れ」とこめかみ辺りを疼かせる。足元がおぼつかなくなっていることだけは朦朧としていても分かるので、今回のところは素直にその声に従い二次会をパスすることにした。

「すみません、家が遠いもので」

「そっかぁ、いいよ。気をつけてね」

ろれつがよく回らないのを隠しながら、先輩に早抜けを伝える。洋美はどうするだろう――ああ、すっかり上機嫌で部長の隣に陣取っている。あれは最後まで残りそうだ。邪魔するのも悪いので何も言わずに帰ろうとすると、樋田さんに肩をちょんちょんと突かれた。

「帰るの？」

「はい」

「ふぅん。僕も帰るんで」

駅まで一緒に行きましょう、という意味なのだろう。

そうならそうで、最後までちゃんとはっきり「帰りましょう」と言ったっていいのに。「帰るので」って言って「ああそうですか」と返されたらどうするつもりなの。毎回言葉が少なすぎて、意を汲むのに苦労するんですよ……もう慣れたから、いいですけど。

二人並んで歩き出す。

今夜はなんだかおかしい。いや、今夜に限らず、この人と喋っていると何かしら無駄に跳ね上がる。考えていることも支離滅裂だ。にもかかわらず、私をこれほど浮つかせてもなお〝円の内側〟にいるって、どういうことなんだろう。

首の据わらない頭で彼を見上げた。街のネオンがその横顔を照らし出す。整った顔立ちだなぁと見惚れていると、彼は突然「あ」と小さく声を漏らし、私の手を取った。

「走れ」

差し掛かった大通りで交差点の信号が点滅し始めている。この辺りの歩行者用信号は長く待たされるから、急いで渡ってしまうほうがいい。酔った私の体は言われるがまま引っ張られるがまま、それでも懸命に付いていった。焦点が合わずぼやけた視界には、ビル群の灯りが耳元を掠める風の音に合わせてゆらゆらと揺れているように見える。

彼の手は熱を帯びていた。直前までポケットに突っ込んでいたからだろう。大きな手だった。女では大きいほうだと言われる私の手がすっぽり包まれてしまう。力を加減してくれているのだろうがそれでも握力は強く、少し分厚くて、でも柔らかい感触。わずかに前を走る背中もやはり大きく、がっしりとしていて頼もしい。横断歩道の白線を半分くらい過ぎたところで、ふと思った。渋谷のスクランブル交差点を男の人と手を繋いで走り抜けるなんて、そうそうできるものじゃない。ドラマの主人公みたいだ、と。

渡り終わるとほぼ同時に信号は赤になり、車が駆け抜けていく。酒を飲んで全速力で走るなんて、あとから考えれば自殺行為だった。歩道に上がったところで二人ともゼーハー言いながら立ち止まってしまう。どちらからということもなく、繋いでいた手は解けた。息が少し落ち着くと、二人見合ってなぜか笑ってしまった。

「何線で帰るんですか」

駅舎に着いたところで樋田さんが問う。横浜駅まで出ればいいんだから、東横線で横浜まで一本か、もしくは山手線を使って品川から東海道沿いの電車に乗り換えるというのが妥当なルートだろう。

「そうですねぇ、何でも帰れますけど。ああ、東横線は混んでるからJRにしようかな」

どちらでもいいというのは本当だが、実際に東横線がこの時間帯に混んでいるかなんて知らない。頭が働かないと言いながら、以前彼が渋谷から山手線を使っていることを聞いていた私は、しっかり小さな嘘をついた。たまに友人と帰っていて話が途切れなくなり、なるべく行けるところまで無理して一緒に帰ろうとするのに似ている。

「樋田さんはどこまで？」

「大塚」

大塚って、山手線のどの辺りだろう。内回りと外回り、どちらが早いのかな。円周の北側の地理はよく分からない。

ハチ公口改札を入り、品川方面行きの内回り線ホームへ上がる。ホームを歩く間に一瞬、柱にかかった山手線の路線図が目に入り、大塚駅はどちらかというと外回りのほうが早いように見えたけれど、私は何も言わず、再度確認することもしなかった。

単純に間違えたのだったら彼はここで踵を返し、もと来た道を帰ってしまうだろう。今日はこの後、他に予定があるのかもしれない。だとしたらそれが何か気になってしまう。どっちも、何だか今答えを知るのが嫌で聞けない。私ってば、とことん意地が悪い。

東京ど真ん中の主要路線でありながら、時間帯と曜日の関係で車内はガラガラだった。四月のときのように彼は先に歩いていって、ドア横の端席を確保する。私はその隣に一歩遅れてたどり着いた。同じ列には反対側の端に一人座っているだけで、他の席もどんなに人がいても隣は必ず空くくらいの密度。発車ベルが鳴り、電車はゆるやかなカーブのホーム縁へ摺りつくようにして静かに動き出す。駅舎の明るさが視界から消えた辺りで、私はようやく彼に尋ねた。

「大塚って、こっちの電車でよかったんですか」

「こっちって?」

「品川回り。遠回りじゃないです?」

「んー……」

思ったよりも樋田さんは酔っている。見たことのない可愛いらしいそぶりの後、「うん、逆だね」と明るく言った。

どうやら酔いで視界が狭くなっていたらしい。なんとなく流れに任せ乗り込んでしまったのだ。参ったなあと樋田さんは後頭部を掻く。言われないと気付かないなんて、いかにも彼らしくてプッと吹き出してしまった。

「どうします?」

「いいよ、遠回りして帰る」

恵比寿駅でドアが開く。ここで降りて反対の電車を待つ、と言われるのではないかと少し不安だった。誰だって今すぐに自分の真横が空くのは寂しい。彼の答えを聞いて、やっと私は椅子に所在を定め落ち着くことができた。十秒くらいして車体は再び動き出す。

どうでもいいけれど、さっきからずっと彼と私の側面が当たっている。座ったときのタイミングが悪かったのかもしれないが、肘だけでなくて、肩も腿の横辺りも、体温が感じられるくらい近い。酔っているから私のバランスが悪く、寄りかかってしまったんじゃないかとも考えたが、実際にはそうでもなかった。むしろほんの少し重みを感じているのは私のほうだ。

いくら区切りのない椅子とはいえ、よほど気の合う友だちでないと、この広さの中でひっついたまま座っていることはできない。かつて難攻不落の孤高男だと思っていた人がこれほど気を許せる存在になるとは、去年の今頃は考えもしないことだった。例えば今もし「学校生活を思い浮かべろ」と言われたら、一も二もなく浮かぶ仲間の一人に彼が入ることは確実。十年以上見知った人より、ここ三、四カ月でようやく話し始めた彼のほうが性が合うのだから、人付き合いというのは不思議なものだ。

そして、さっきから「こうだったらいいな」というほうへことごとく動いてくれる彼に、私は心が読まれているのではなかろうか。今くっついている部位を通し、このお馬鹿な思考も何もかも、実は最初からすべて読まれているのではないか、と。

車内には寒すぎるくらいの冷房風が吹き荒れているが、左半身だけは温かかった。彼の腕も、手と同じ体温を放ち、私を心地よくさせる。せっかく五駅分の時間を稼いだのに、私たちは何の言葉も交わさなかった。とてもいい気分だった。

恵比寿を過ぎ、目黒、五反田……品川が近付くにつれて瞼が重くなっていく。次に目を開けたとき、降りるべき駅はとうに二つ過ぎていた。

「え、もう新橋」

私の声で彼も目を覚ます。しかも声をあげたとき、もはやドアは閉まりかけていた。

「二人して寝過ごすなんて、ツイてないなあ」

「どうするの?」

今度は彼のほうから私の動向を尋ねる。

「東京から東海道線で帰る……かなぁ」

「ふぅん。じゃあ僕も東京で降りる」

「え、このまま乗ってくんじゃ……」

「送るよ」

　え、とドキリとしたのも束の間、

「ついでにトイレも行きたいし」の一言で思わず吹き出してしまった。

　さらに一駅過ぎて、東京駅のホームに着く。私たちはようやく半身を離し、ホームに降り立った。

　目の前の階段を下ったら、今度こそ最後。今日は不思議な夜だった。でも実はまだ少し離れがたいものがある。どこまで付いていく気なんだとは思いつつも。

　するとホームに並んでいる空席のベンチを見て、彼が言った。

「ちょっと座っていかない？　まだ頭がクラクラする」

「賛成」

　至って平静らしく返してみるが、また読まれてしまったらしい。分かりやすいのかな、私。

　ホームには絶え間なくゆるやかな風が流れている。私たちは二十分くらいその風に吹かれ頭を冷やしながら、車内で眠りこけてできなかった会話をひとしきり楽しんだ。

　ベンチの椅子は一つひとつ分かれていたが、それでも隣り合っているので上腕がかすかに触れている。彼の低い声が脳天に染み渡るようで、できるならもっと長く聞いていたいと思った。

中央通路での別れ際、彼は一度だけ腕を軽く挙げた。その指先は振り下ろされながらまた彼のポケットの内に収まる。雑踏へ消えていく彼を見送って、私も東海道線のホームに向かった。

急に、あの手が羨ましくなった。分厚い彼の手で導かれる人はいいな。彼女とか、いるんじゃないだろうか。それなら今日のことはナイショですね。ああいう人の彼女には、どんな女の人がなるんだろう。穏やかな空気の中に埋もれて幸せを噛み締めるのだろうか。私も感じたあの温もりを、その人も知っているのだろうか——。

「何考えてるんだろ、ばかばかしい」

急に自分の厚かましさに腹が立ち、それ以上考えるのをやめた。

東海道線のむっとした空気も、混み出すと窓に結露ができるくらいの熱気も、その夜だけは許せた。こちらも東京駅始発で座ることができたが、なるべく隣とぶつからないように気を配る。やはり安心して肩を委ねるのは、見知らぬ泥酔サラリーマンではいけないと思った。

＊＊＊

「えー、先輩、帰っちゃうんですかぁ」

「今日はもう飲めない！　マリア、私の分も頼んだわ」

「わっかりましたぁ」

一行は私を残して通りの角を曲がっていく。飲み慣れたはずの酒だが、今日は分量を間違えたようだ。ふーっと大きく息を吐くと、麻痺した嗅覚にもわずかに酒の匂いが混じっているのが分かる。あのときと同じだ。

九年前と同じ道を、同じ歩幅で歩いた。信号は急ぐほどではなかったが、ノロノロ渡っていたら点滅を始めたので小走りになる。そう、渡りきったこの辺りで手が離れた。駅前広場は今より整備されておらず、もう少し汚かったような気がする。方向感覚がなくなって人の流れに任せ歩いていた。改札口を抜け、内回り方面の階段を登る。ホームの中ほどから黄緑の車体に乗って……あの頃はまだ旧車両だったかしら。よく覚えていない。少なくとも、今のような液晶画面の付いた車体ではなかったと思う。

今夜の車両も、偶然に空いていて席が選び放題だった。迷わず、端の席に座って仕切り板に頭の左側面を擦り付ける。眠くはなかったけれど、側頭部は磁石みたいに張り付いて離れなかった。五駅過ぎても、品川に着いても、降りる気がしない。やがて東京駅に着く寸前、ようやく首が元に戻った。

ホームに降りて、きょろきょろと見回す。酔い冷ましに二人で腰かけたベンチはまだあるだろうか。――あった。残念ながら昔座った青と黄色のベンチではなく、ホーム改装で新たに設置されたベージュ色のものに変わっている。でもあった場所は変わらないし、席数もこれくらいだった。人々は家路を急ぎ、誰もそんなところで立ち止まらない。私は独り、思い出の中の感覚をたぐり寄せて同じ場所に腰を下ろした。右端が彼で、二つ目が私。

今は、隣に誰もいない。右の空席を眺めながらまた一つ、大きく息を吐く。私には彼のお陰で付いた癖があった。電車の座席はなるべく角を取る、ということ。そこに座ってぼうっとしていると、横の手すりや仕切り板に埋もれる心地がして安心できるからだ。無意識に、そこにはあるはずのない彼のぬくもりを手繰り寄せようとしているのかもしれない。気を抜くと、ついもたれかかってしまいたくなるあの肩、あの体温を。

大学生で言うところの「春学期」が終わった頃、私はもう彼の背を見失わないように追いかける必要はなくなっていた。彼の隣にいるのは気付けばいつも私だった。しかし、彼が歩幅をほんの少し遅らせてくれていることも分かっている。だから並んでいても、常にそのさりげない振るまいに対する憧れは消えなかった。

それにしても「分厚い彼の手で導かれる人はいいな」なんて少女漫画みたいな台詞、よく恥ずかしげもなく、しゃあしゃあと出してこられたものだ。本当に気付いていてなかったのだろうか。意識もしていなかった、というのはたぶん嘘。少しはそうなんじゃないかくらいは考えたかもしれない。今となっては記憶が定かでないけれど、恥ずかしさと戸惑いの中でかき消そうとしていたのだと思う。

この憧れ、すなわち「好き」だということを。

確信犯的な駅の乗り過ごしは初めてだった。夏の始まりの蒸し暑い夜、山手線と京浜東北線の電車が発着する三、四番線プラットホームに人気はまばらで、電車の入っては出ていく音だけが耳に響く。あまりに静かなので少し泣きそうになった。

葉月

お盆休みになって、待ちに待った洋美との旅行へ出かける。討議の結果、長野に一泊して、もう一泊は松代の温泉ということになった。朝早く東京駅に向かい、新幹線改札の前で朝食がわりの弁当を探す。売店で駅弁の並ぶガラスケースに張り付いていた洋美は、しばらくして驚きと落胆の混じった声を漏らした。

「冬ソナ弁当がない……」

彼女にとって、これが今回の旅の主なる目的だったらしい。主婦になって自由な時間が増えたら、真っ先にハマったのが韓国ドラマだった。弁当は洋美が最初に熱を上げたドラマの名前をもじったもので、中身は韓国料理、さらに劇中主人公が着けているマフラーをかたどった御品書きも付いているという。前に東京駅でこれが売られているという話をテレビか何かで見て、おおっぴらに買えるこの機会を楽しみにしていたのだ。だが確かに、「冬」と名の付くものを夏に売っているはずがなかった。洋美は口惜しそうに他の弁当を店員に注文する。

「それにしても、残念無念」

新幹線に乗り込んでもまだ悔しそうにしていたが、代わりに買った焼き肉弁当が思いのほか美味しかったらしく、それもすぐ収まった。しかしおかずの煮物をほおばりながら、なおも韓流の話は続く。

「旦那はバカにするけどね、でもあの人よりはよっぽどいい男ばっかりだと思うわ」

「新婚さんなのにいいの、そんなこと言って」

「関係ないわよ、ダサいのはホントだもん。学者なんてみんな変人よ。ごっついカバンにはち切れるんじゃないかってくらい本やら書類やら詰め込んで、真っ直ぐ歩くことしか知らないって感じ。こう言っちゃ悪いけど社会経験ゼロに等しいから常識なくて時々とんでもないことし出すし、頭がこう、がーっとつんのめって突き進む……そうよ、あれこそ猪突猛進って言うんだわ」

大体ね、と洋美は箸を置いた。

「あの人の休みって、考えてなかったけど学生と一緒なのよ。だから七月終わりからほとんど家にいるの。普段もほとんど授業のある日だけしか学校行かないし、真っ昼間から部屋に籠もって論文打って、たまに出てきたかと思うとスーパーへ買い物に行っちゃう」

「え、一人で？」

「そうなのよ。本人は気分転換って言うけど、平日真っ昼間から一人で買い物カゴ提げてスーパー歩いてたら、『あら土田さんとこのご主人、リストラかしら』とか噂されかねないじゃない。帰ってくれればそれでご飯作ってくれちゃって、しかもそれが私よりうまいから困っちゃうのよね、主婦としては。出る幕ないじゃない、サラダとみそ汁作ってるだけじゃ。まあお給料運んできてくれてご飯も作ってくれるから、それは楽でいいんだけど……って、あれれ」

「なんだ、結局のろけじゃない」

「やだなぁ」

「今日は暁彦さん置いて来ちゃったけど、よかったの？」

「ああ、一日や二日くらい平気よ。お腹空いたら自分で何か作って食べるでしょ」

洋美と暁彦さんは、知り合ってまだ一年半くらいなはずなのに、もう十年以上一緒にいるみたいに仲がいい。お互いのいいところを分かっていて、踏み込みすぎず、一方でしっかり繋がって生きている。引っ越しでご近所の挨拶回りに行ったら「ご兄妹ですか」と聞かれたって憤慨していたけれど、分かる気がするなあ。

「何よ、馬鹿にして」

ほほえましくてニヤニヤしていたら、洋美は不満げに眉を寄せた。

それから二時間弱、女二人で旦那やら仕事やらの愚痴を言い合っていたら、あっという間に長野駅に到着してしまった。

改札口を出て右の階段を下りていくと、綺麗に整備されたロータリーが見えてくる。八月お盆のこの時期、盆地の長野は予想していたより気温が高く、外へ出た途端に強い日差しが照りつけてきた。思わず手の甲を額にあて、頭上を仰ぐ。

「あっつーい」

「ホントに。でも横浜よりは湿気がないね」

洋美は日傘を取り出しながら空を見上げた。本物の綿と見まごうほど、可愛らしい千切れ雲が低いところをぷかぷかと浮かんでいて、空の青さも都心とは違う。確かに湿度が低く風も吹いている分、日差しさえ我慢すれば過ごしやすいと言えなくはない。

「前に来たときも、こんなに暑かったかな」

私がそう呟くと、洋美は何かを探すように目線を宙に揺らした。

「前って……ああ、合宿で軽井沢行ったんだっけ。何年生のときだったかな」

「二年の夏だよ」

よく覚えてるね、と彼女は感心するけれど、本当は違う。覚えているんじゃなくて、忘れられないんだ。他の合宿や旅行で行った場所とか時期はぼんやりして記憶が薄いのに、それだけはどうしても鮮明に甦る。あの三日間のこと、きっと洋美は忘れてるね。合宿から帰ってきた新宿のバス乗り場で、私が放った爆弾発言を。

荷物をホテルに預け、早速市内観光に向かった。まずは牛に引かれて――で知られる善光寺参り。参道にはゆるやかな傾斜があるので、行きは門前までバスに乗っていく。仲見世通りの賑わいを楽しみながら、本堂へ続く石畳の道を進んだ。

さて、この寺には牛と並んで昔から有名な「お戒壇巡り」というものがある。灯り一つない本堂の地下回廊へ潜り、真っ暗闇の中、右手だけで手探りしながら途中にある錠前を探し当てるというものだ。この錠前は絶対秘仏のご本尊と繋がっているそうで、触ると極楽に行くことができるという。

少し急な段を、多くの人が吸い込まれる地下への階段を、私たちも下りてみることにした。遊園地のアトラクションや肝試しでは必ず大声を上げる洋美が半ば私の背に張り付く状態で、一歩ずつ前へ踏み出していく。次第に外の光が目に入らなくなって、辺りは黒一色になった。普段どんなに暗くても、また瞼をきつく閉じたとしても、完全な闇というのは滅多に体験しないものだから、上下左右の感覚が鈍って神秘的な雰囲気を味うことができた。

が、それも束の間、後ろを歩く洋美はお約束通りの大声を発し始める。

「ちょっと待って、ありえない！　何にも見えないよ。潤子、どこにいるの」

「ここにいるから大丈夫。ちゃんと左手繋いでるでしょ」

「もうやだぁ」

アラサー、人妻にもなって半べそとは。

柱を二つ曲がってやっと手に触れた錠前を、洋美にも手探りで触らせた。しかし彼女は「ご先祖さまのことを考えながらゆっくり動かしてくださいね」という寺の人の忠告もすっかり忘れ、適当にガチャガチャ振り回すと「早く、早く」と私を前に押し出してくる。外に出て振り返ってみれば、その顔は青ざめ、あと少しで本当に泣きそうな状態だった。

「入らなきゃよかった……」

後になって考えたら、そのときその場で大騒ぎしていたのは、私たちより前を行ってはしゃぎ合っていた子どもたちと、洋美くらいのものだった。そう言って茶化したら、「真っ暗にしておくほうが悪い」と真顔で返すんだから、さすが洋美と言うべきかしら。

それから境内を散策し、近くの美術館へも足を伸ばす。帰りはゆるやかな下り坂、参道沿いの土産店を覗き、「甘いものは別腹よね」などと言いながら甘味処を三軒ほど巡った。

その日は夕食を外でとってからホテルに戻り、翌日バスで松代へ移動。松代はかつて真田家が治めていた城下町で、今も武家屋敷や門など、昔の建物が多く残っている。町は広過ぎず、歩いて回るにはちょうどいい。のどかな風景に癒されながら、のんびりと一日を過ごした。

二日目の宿は、私の希望通り温泉旅館。和風建築で趣のある宿だ。夕食前に露天風呂付きの浴場で湯に浸かった。あがって部屋へ帰ると仲居さんが豪勢な御膳を用意してくれる。飲み物にお銚子二本をもらい、これこそ社会人になったからできる贅沢だと言い合った。

弱いくせにお酒が好きな彼女は、一口飲んだだけですぐ顔を赤くさせる。それでも膳が下げられると、晩酌用にさらにもう一本追加を頼んだ。

「えへへ、癒されるねぇ」

「飲み過ぎないようにね、洋美はすぐ潰れるんだから」

目尻が完全に垂れきった彼女は、陽気に、でもちびちびとお猪口をする。

「ああ、軽井沢合宿の話で思い出した。あんときも私、すごい酔っぱらった気がする」

「そうだよ、部屋まで運ぶのが大変だった」

「あんな男のどこがよかったのかなぁ。その一瞬は確かに好きーって思ったはずなのに、今じゃ名前さえ朧げだよ」

「あれは最低だったね」

「うん、我ながら見る目がなかった」

洋美は頷きながら、でもだんだんろれつが回らなくなっている。そろそろ倒れるのも時間の問題かしら。もう少ししたら歯だけは磨いておいでね。

「あんな男」というのは、洋美が追いかけていた当時の部長のことだ。中林だか中山だかって名前だったと思うけれど、合宿の三日間が契機になって洋美はすっぱりその人のことを考えるのをやめた。立ち直りも早くて、またすぐ他の人にときめいて、ひたすら片思いばかりしていた洋美。たいていは告白する前に「やっぱやめた」になっていたけれど、そんな彼女をここでも私は羨ましく思っていた。自分の好きな人はこの人だと、なぜそうもあっけらかんと言い退けられるのか、不思議で仕方なかった。自分が誰かを異性として意識しているという、その根拠が分からなかったからだ。男女の好きと、友だちの好きと家族の好きは、何がどう違うのかあの頃の私ははっきり区別できていなかった。遅ればせながら、二十歳をあと三カ月に控えたその合宿で、ようやく身をもって知ることになるのだけれど。

＊＊＊

真夏の朝は、昇る陽の光線が痛いくらいに突き刺さる。

まだ八時半だというのに、じわりと額に汗が滲んだ。大きな荷物を抱え新宿駅で若干道に迷いながら、やっとバスターミナルにたどり着く。着いたら着いたで、同じく合宿に向かうのであろう団体がいくつもバス待ちで固まっているので、自分の部活のメンバーがどこにいるのか分からず右往左往してしまった。

「こっちこっち！」

通りの向こうから洋美の声がして、どうにか合流することができた。

十五分後、バスが来た。めいめい荷物を車体下の収納庫に入れると順に乗り込んで好きな席を取っていく。私も洋美も荷物はすでに預けてあるのだが、洋美が「もし部長の隣が空いていたら――」とひそかに考えているのを聞いていたので、しばらく道を譲るふりをしてドアの近くで待機していた。席が埋まってしまって他に空いていないのを理由にするつもりらしい。ほとんどの人が乗ってしまってから、洋美が小さく「今だっ」と言ったのを合図にやっと段を上った。運良く、彼女はまだ空いていた部長の隣を確保できた。よかった、と思ったのも束の間、今度は自分の場所がない。相席ならばないわけでもないのだが、どの人もあまり話したことがないので「隣いいですか」と尋ねるにはちょっと気が引ける。洋美の動向が気になって先に乗りそびれた自分が悪いのだけれど。

不意にクン、と半袖の袖口を引っ張る人がいた。

「席ないなら、座ったら」

樋田さんだ。よかった、それなら気兼ねない。

「小澤さん一緒じゃなかったの？」

「その、二人席が空いてなくて、洋美は別の席に……」

なんで私が言い訳しているんだろう。でも、友だちの片思いまで話してしまうのはためらわれる。あまり聞かないでほしいなと思っていると、樋田さんはふぅん、とだけ言ってそれ以上突っ込まなかった。

「去年は合宿、いらっしゃらなかったですよね」

「ああ、ゼミが忙しくて出席の返事するの忘れたんだ」

ゼミ、すなわち学部研究会は、私たちの大学では期間がたいてい三、四年の二年間、一部は四年のみで、学部・学科により拘束時間も課題量もまったく違う。私も来年から始まるのでちらほら噂を耳にしているが、文学部のゼミは比較的緩いと聞いている。逆に樋田さんのいる経済学部は、普段のゼミ以外に勉強会があったり、一日中図書館にこもってパソコンを打ったり、あるいは共同研究で学校の消灯まで議論を交わしたりという、話だけでも明らかに多忙そうなゼミが多い。そういう、課題の多さにいつまでも拘束されていることを、わが大学では分けて「えぐい」と言っている。本学独自の単語なのか、他校の人には通用しなかったこともある。知らないうちに納得して使っているが、語源が何なのかは未だに知らない。

ともかく彼も例に漏れず、その「えぐゼミ」で計量経済学とかっていう勉強をしているらしい。

「今はB&Sモデルをやってる」

「びー、あんど、えす？」

「アメリカの経済学者が作った公式でブラック・ショールズ・モデル、略してB&Sモデル。その各モデルを一つの計算式にしたものを、別に汎用ブラック・ショールズ・モデルとも言ってるね。汎用B&Sには見慣れない三種類の関数が入れ子状に組み合わさっているんだけど、その三つっていうのはすなわち指数関数、確率累積密度関数、自然対数で、その関数の値が分かれば汎用B&Sが単にかけ算と引き算だけの簡単な計算だっていうことが分かるんだ。それで……」

文系と決めたときから理数系は捨てた私だから、言っていることの意味がさっぱり分からない。話の途中から苦悶の相が表れ出す私を見て樋田さんは笑った。通じないのを分かっていて、からかわれたようだ。

その後、私の持っていたお菓子をつまんで雑談していたのだが、朝が早かったこともあって途中で樋田さんは眠ってしまった。車のタイヤ音でほとんどかき消されているが、微かに寝息を立てている。彼が完全に寝たのを確認してから、私はウォークマンを取り出し、イヤホンを付けて好きなバンドの曲を聴いた。合宿先で暇を持て余さないよう、バッグにはさらに五本くらいカセットを入れてある。

四曲目のイントロが流れ始めた頃、だんだん眠くなってきた私は頭を座席の背に押し当て、眠りに入る体勢になっていた。ウォークマンはリピートをかけなければA面だけで勝手に止まる。そのまま寝てしまうつもりだったのだが、突如として肩から首筋にかけて気配を感じてそれどころではなくなった。樋田さんが左、つまり通路側の私のほうへ顔を傾けて寝ていたので、高速を走る車の振動とともに少しずつこちらに倒れてきていたのだ。やがてその頭は私の肩に触れそうになる辺りまで落ちてくる。短い髪の先端が時折、頬に当たった。

そこまで来ると私も気が気ではない。いっそ肩に頭が乗ってしまうというのなら開き直ることもできるが、彼は肩に触れるか触れないかのところで無意識に頭を元に戻そうとする。だから私はそのたびにチクチクと頬を刺され、意識しないわけにはいかなくなった。

目はすっかり冴えてしまった。そのくせ、体のほうは催眠術でもかかったかのように硬くなって動かない。ちょっとでも動くことで彼を起こしてしまったら悪いという意識が働いたのだろう。この日も、やはり隣り合わせの腕が触れていたから。四時間ちょっとの道のり、私は、かろうじて手元のリモコンを動かすことくらいしかできなかった。

昼過ぎ、軽井沢に着いた。

一応軽井沢だけれど、場所は奥まっていて、旧軽銀座とかアウトレットなどの観光地は車を使わないと出られない。辺りにはのどかな風景が広がっていた。宿泊はこぢんまりした民宿で、すぐ近くに工房があり、そこで陶芸教室も開いている。私たちは早速、その工房へ出向いて夕方まで創作に取りかかった。

最初は工房の人からレクチャーを受け、教えてもらいつつ粘土をこねる。その土を使ってひもづくりの器を作ったり、ろくろを回した。粘土板を底にして周囲を紐状に伸ばした粘土で巻き、何重にも積み重ねて形を作っていく「ひもづくり」は、いびつながらもどうにか完成させた。だが、ろくろのほうはどうしてもうまく回せない。あと少し薄くしようとするのに、何度やっても力を入れすぎて、ぐにゃりと曲がってお釈迦になってしまうのだ。見回して工房の人を捜すが、他にも私のような初心者に対応して忙しそうにしているので声をかけづらい。

半ば諦めていったん席を立った。手を洗い、気分転換に他の人が完成作品を一時並べていた机に行って作品を眺めつつ、腰に手をあて背筋を伸ばしていたところへ、樋田さんが自分の作ったものを並べにやってきた。ひもづくり様式で作ったのであろう、取っ手の付いたマグカップを二つ両手に携えている。表面の凹凸は綺麗にならしてあって、どちらも窯で焼いたらそのまま売れそうな、しっかりした形だ。うまくできてますねと声をかけると、彼は「うーん」と唸る。

「どっちがいいと思う？」

「えっと、そっちのかな」

こちらから向かって右側、彼にとっては左手のカップを指し示すと、彼もそれで納得してそちらのほうだけ机の上に置いた。

「あれ、両方焼かないんですか」

「どうせ自分しか使わないし、一個で十分」

「綺麗にできてるのにもったいない」

それに比べて——と、私は底が不安定で、形も悪い自分の作品を思い出した。あれでは合宿費を半分出してくれた母に叱られてしまう、そう思ったら咄嗟にこんな言葉が飛び出した。

「それ、もらっちゃ駄目ですか」

樋田さんは一瞬変な顔をしたけれど、快く承諾してくれた。

「こんなんでいいの？」

「私のより百倍いい」

じゃあ、と笑いながら彼は没予定だった左のほうのマグも机に置いた。近くに用意してある名札代わりの紙二枚とペンを取り、一枚に彼、そしてもう一枚に私の名前を書き込んだ。横から覗いていると、彼は何の躊躇もなく私のフルネームを記している。他人が自分の下の名前まで書くのを見るのは不思議な気分で、さらに彼がそれを覚えていたというのも、なんだかちょっと恥ずかしくなった。

彼の字は、独特の少し角張った書体をしている。字はそれほど上手くないし書き順もめちゃくちゃだけれど、文字同士の体裁が整っていてロゴや洒落たフォントのような親しみを感じる。紙だけでなく、コップの底にも年月日と苗字を彫り込んでくれた。窯入れのあと判別がつくようにするためだ。

「そっちは終わったの？」

「ろくろがうまくいってくれないんで、小休止してたとこです」

「教えようか」

器用にも、樋田さんは始まって一時間半もしないうちに作るべきものを作ってしまったのだという。工房の人の指導を順番待ちしているよりは早いし、私はその言葉に甘えることにした。

「最初にぐわっと力入れて使う分の土を持ち上げる。思いきりよく、ね」

「こうですか」

「そう、それで、そこから焦らずに中心を見定めて……」

プロの人は手早だから、急がなければいけないように見えるけれど実はそんなことはないんだと彼は教えてくれた。確かに私は焦って指を早く持ち上げすぎ、手を放すタイミングも誤って形を崩す、を繰り返していた。

見極めが遅くてノロノロしている私に、樋田さんは完成まで付き合ってくれる。ようやく底は少し分厚いが見た目のまともな器が完成すると、最後は土台からそれを切り離さなければいけない。糸を使ってすっと真横に通すのがコツで、さらに切り離した土台の部分だけを指先でうまく持ち上げて乾燥用の板に移しかえる。一難去ってまた一難、さすがにこれはうまくいかないのが目に見えており、樋田さんに頼ることにした。

今日できた器は一晩乾燥させて、明日窯に入れる。皆が作業を終えて帰り支度をする頃、先ほどの机には、形も大きさも、そして出来映えもさまざまな作品が所狭しと並べられていた。

夜は宿に戻って大広間での夕食が終わると、同じ場所で宴会となる。あらかじめ買い出しておいた飲みものやつまみ、紙コップ、紙皿を並べて、八時半からぼちぼち会が始まった。

最初のうちは自分の座った位置で隣の人と歓談していたが、次第に席を移る人、留まる人とばらけて騒ぎ始める。何度めかに隣人が移動して入れ替わったとき、私の隣には樋田さんがいた。何を話していたか、酒混じりの会話で発する言葉は口から溢れて流れ消え、頭の中に残ってくれない。

しかし、最後のほうで彼が唐突に始めた不眠症の話だけは、やけにはっきりと覚えている。

「最近、眠れないんだ」

「さっきバスで寝てたのに？」

「昼間はいいんだ。それに寝るって言っても乗り物の中なら短いでしょ。夜が駄目。なんていうか……変な言い方だけど、寝るのが怖い、とか思ってしまう」

「あーそれ、分かります」

うんうん、と大げさに頷いた私はそれなりに酔っていたと思うけれど、別に安易に同調した訳ではない。

「中学の入学式のとき、校長先生が言ったんです。皆さんが今ここに集まっているのは奇跡です、って。失礼しちゃうと思いません？　小学生のうちから塾通いして夜遅くまで勉強して、毎週模試とか受けて、それでやっと志望校に入ったのに『奇跡』だなんて言われたら」

しかし壇上に立つ校長の意図は違っていた。喜怒哀楽の感情を刻みながら毎日を過ごすこと、疑いもなく夜は眠りにつき、いつもと同じ朝を迎えること。今朝家を出て学校までの道を、事故にも遭わず、つまずきもせずに歩いてきたということ。奇跡はたまに起こる思いがけないものではなく、「常」そのものなのだ、先生はそう言って話を終えた。

「キリスト教の学校だったから神様に結びつけてそういう話をしたんだろうけど、でも私は目からウロコな気分だったんですよ。目を瞑ったら次にちゃんと瞼が開くって、普段は何の疑いもなくやってるじゃないですか。だけど、一度気になり出すと気になって気になって、仕方なくなる。ホントに明日は明日として私の前にあるのかな、とか考えたりして」

自分でも一体何を言ってるんだろうと思いながら、酒は舌をペラペラとすべらせる。いつものキャラじゃない変に哲学ぶった私の話を馬鹿にすることなく、彼は静かに耳を傾けているようだった。

「そうだね」

私の言いたいことが一通り終わると、彼は短くそれだけ答えた。さっきから少し遠くを眺めては憂鬱そうにしていた横顔が、幾らか明るくなったように見える。でもそのあとはまた無言になってしまって、五分だろうか、十分だろうか、その沈黙は重苦しくはないもののあまりに長く感じた。

「あとさ、ちゃんと眠れたときは大抵、自分の葬式の夢を見るんだ」

静けさを破り、樋田さんは再び呟くように言った。隣にいる私がどうにか聞き取れるくらいの、小さな声で。

「自分が死んじゃった後の夢?」

「そう」

彼は自分の夢の話を淡々と続ける。

夢は遺影の中の写真がアップに映し出されるところから始まる。線香の芯と蠟燭の火だけに色があって、あとはモノクロの風景。参列者は次々に焼香を済ませ、顔すらはっきり分からぬうちに部屋の外へ出て行ってしまう。郷里の父母や親戚らしき人たちが応対のために繰り返しお辞儀をするのだが、これがあまりに機械のようにパタンパタンと動くので、どっちが死んだか分からない、そんな夢。音は一切せず、昔の活動写真みたいな感じだと彼は言う。

「でも、自分が死んだり傷ついたりする夢は、現実と真逆でいいことが起こる夢だって言いますよ」

「そうなんだ」

「最近もそれ、見たんですか」

「ここんとこずっとそればっかり。昔からたまに見るんだけど」

そこまで言って、彼はビール缶をテーブルに置いた。中身はもう随分前に空になっていて、カンと乾いた音がする。両腕をくんで私を一瞥するその口から、かすかに「どうして君に話したんだろう」という声が漏れた。

直後、「明日もありますから今日のところはこの辺で」という宴会係の声が部屋の中に響き渡る。間が悪く、真意を聞き返すことはできなかった。

部屋へ戻って同室の人と一緒に布団を敷き詰める。寝転んでタオルケットを腹に巻き、枕へ横顔を埋めながらさきほどの会話を思い返した。樋田さんは、明らかに「喋りすぎたかな」という顔をしていた。人に話したくないことだったのか。最近よく眠れなくて、寝ても見る夢は自分の葬式の夢――どこが言いにくいことなのだろう。最後に「え？」の一言も返せなかったことで余計にもどかしく、そして一を聞いて十を察することができない自分に不甲斐なさも感じた。今まで仲良くやっていたけれど、私は彼の何を知ったつもりでいたのだろう。途端に、えらそうな口を叩いて知ったかぶりの講釈を並べた自分が恥ずかしく思えて、タオルケットを外して頭から被り背を丸めた。考えすぎるのはよそう。実際、何を悩んでいるのか自分でもよく分からなくなってきた。

寝る直前にいろいろ思いを巡らせると眠れないなんて言う人もいるけれど、私はそんなこともなく、案外すぐに眠りに落ちた。昼間はアクシデントで睡眠を取れなかったから、当たり前と言えばそうかもしれない。夢に彼の姿を見たような気がしたのだけれど、起きたら忘れてしまった。

二日目は午前中に釉薬《うわぐすり》かけと窯入れをする。慣れない作業でほとんど工房の人にやってもらうことになったけれど、やるべきことは終わった。あとは焼いている途中に割れないといいなあ。せっかく譲り受けたマグカップは、特に。

お昼を食べたあと、宿のバスで街へ観光に出かけた。自由行動になると、私と洋美は旧軽の石畳通りを踏みしめてお洒落な店を覗き、地域限定のソフトクリームを買い食いした。私は持参した自慢のカメラに街の風景を収める。カメラは高校時代から趣味にしていて、これは誕生日に父に買ってもらった、少しお高い機種だ。

洋美は、道すがら自分の片思いに関して悩んでいることを私に打ち明けた。部長とここ二日言葉を交わしているのだが、思っていたよりも頼りなくて中身もなくて、期待はずれだったというのだ。

「別にね、理想を押しつけるつもりはないんだよ。でもね、頼りない男は嫌なの。だからちょっと自信なくなってきた」

接点の少ない部長とつき合えるかどうかも、相手が自分の追いかけるに値する人物なのかも、どちらも確証はないし気持ちが揺らいでいるらしい。

「飽きっぽいよね、私」

「そんなことないと思う。見極めなんじゃないのかな。急いじゃいけないんだよ、大事なことは」

　状況は違うけれど、昨日の陶芸の際の樋田さんの言葉を拝借。すると洋美は、もうしばらく近寄ってみて、どういう人か冷静に見てみると決意を新たにした。そんなこんなで、女同士の恋話は私へと飛び火する。

「で、どうなの潤子は」

「何が」

「またまた、はぐらかしちゃって。気になる人とかいないの？」

「いない、いない。だから前から言ってんじゃん、何がそういう〝好き〟なのか分からないって」

「そうかなぁ」

「どうすると分かるの？　そういうのって」

「んー、まず姿を見ると有名人を見たときくらいドキドキするでしょ。その人の一挙手一投足を追おうとするから自分の手元が危うくなるし、あとは変に世話焼きになって、ベタにやきもち焼いて、名前とかもなるべくたくさん呼びたくなる。二人で話せるときなんかは、どんな内容だったとしても、こう、顔がふにゃーっとしそうで」

　洋美は頬を両手で押さえる。

「ああ、あとね」

最後に彼女は付け加えた。

「自分の乙女チックな考え方とか、キャラじゃないなって行動がばかばかしいのにやめられないのは、その人のことが好きだってことなんだよ」

へぇと感心しながら、でも一方で、たとえそういう相手が現れても私はそんなことはしないだろうと思った。私だけは、そんなふうには絶対にならない。

観光名所をあらかた見終えて集合場所へ向かうと、その手前で四年生数人の姿を見つけた。あ、樋田さんもいる。どうやら結婚式用のチャペルを見て何か言っているようだ。

「どうしたんですか」

「ああ、いや、あれがちょっと面白いなって」

樋田さんがチャペルを指差した。わざわざ軽井沢で挙式したいという人のための少人数向けで可愛らしい式場、それ自体は特におかしいことはない。周りも木立に囲まれていてロマンチックな雰囲気をかもし出している。しかし、その斜め奥の木々の間から、明らかに寺院と見える日本家屋の屋根が顔を覗かせているのだ。まだ集合まで時間があったので、皆でその寺に立ち寄った。

そこは寺院と言うには小さすぎる気もしたが、本堂はしっかりした造りだったし、いまは無人だが一応寺務所なる建物も建っている。さらに裏手には墓地もあるようだった。最初は一行の敷地探検に加わっていたのだが、日差しも厳しかったので本堂の階段に腰かけて休憩することにした。すでに先客で樋田さんが座っている。

「チャペルの裏にお寺さんなんて、この国らしいよね。無宗教で。いや、多宗教、か」

「ホントに」

「ん？　猫だ」

話をしているところへ、彼の足元に猫がすり寄ってきた。飼い猫だろうか、赤い首輪が付いている。一匹なついているところに、さらに二匹やって来た。

「好かれてますね」

「食いモンなんて持ってないぞ」

そう言いながら彼は猫のアゴを掻く。猫はクルル、と気持ちよさそうに喉を震わせた。

「犬じゃなくても気持ちいいのかな」

「動物とか飼ってるんですか」

「実家に犬がいるね」

柴犬で名前はヒバリ。父親が美空ひばりを好きだからという理由で半ば強制的に決まったとのこと。父親は地元でも指折りの弁護士。もっとも、指を折るくらいしか弁護士がいないからだ、と彼は笑っていた。母親は専業主婦だが昔は教師をしていたという。話を聞きながら、私はさりげなく彼が猫と戯れる光景にシャッターを切った。

「撮ったな」

「撮りました」

三匹の小さな猫と、一人の大きな男。面白い構図が撮れた。

夏の午後の日差しが彼の頬に反射して、私はまた目を細める。この横顔、いつまで見ていても飽きない。

この日も夜は再びコンパになった。さすがに二日連続では頭が痛くなる。それでも樋田さんと喋りながらまったり飲んでいると、途中で彼が何かを見つけた。

「あ」

「どうしたんですか」

「小澤さん、潰れてる」

「え、うそっ」

指差す先で、洋美が一人横たわっている。驚きすぐに近寄ってみるが、起き上がらないし反応も薄い。かなり気分が悪そうだったので、私たちはひとまず彼女を部屋へ運ぶことにした。昼間の疲れと、このところ鬱積した悩みと、そしてアルコールでダウンしてしまったのだろう。彼女の追いかけていた部長はといえば、その会も最初は洋美と一緒に飲んでいたのに、酔い潰れた彼女を放置して同じ三年生の人たちと楽しそうに語っていた。普通、その気はなくたって部長ならば立場上、心配するそぶりくらいしてあげるべきじゃないの。そう思ったら洋美が言っていたことの意味も分かって、急に腹立たしくなってきた。

樋田さんが彼女をおぶって二階の部屋まで連れていく。その後を私が落っこちないようにと支えながら階段を上った。気持ちが抑えきれず、ほとんど意識のない彼女に対し苦言をぶつけ続ける。

「洋美、聞いてる？　あれは絶対駄目だからね、最低だよあの人」

最低、と言うには少しオーバーだっただろうか。しかし洋美があんな冷たい人間と万が一、間違って付き合うようなことがあったらと思うと気が気でない。彼女はうーん、とわずかに唸るだけだった。

部屋に布団を敷いて寝かせると、もう熟睡している様子だったので、私たちは安心して廊下へ出た。

「あの子、そんなに飲んでたのかな」

「洋美、本当は全然お酒飲めないんです。部長さんと話合わせようとして、最近無理してたから」

「どうしてそんなに無理するの」

皆が他人への気遣いを忘れる中、唯一ともに介抱してくれた彼だから、これ以上隠し立てすることもできない。それに先ほどからの私の発言カタカナでも大体察しはついただろう。

「好きな人に振り向いてもらいたくて、ちょっとカッコつけちゃうんです。自分にはできない、なんて思いたくないし、思われたくもないから」

恋愛の「れ」の字も分かっていない私が知ったふりで喋っているのはおかしな話だったけれど、でも洋美が無茶をしてしまう気持ちも理解できなくはない。

「別に無理なんてしなくても、好きなら好きで変わらないのに。そんなもんなのかな」

「それが女心ってやつですよ、圭さん」

「そうか……ただ何にしてもあいつは、僕もやめたほうがいいと思う」

「ですよね、ちゃんと言っておきます」

そして私は洋美のことが気になるから早めに就寝する、と言って部屋の戸に手をかけた。

「ありがとうございました。おやすみなさい」

「おやすみ」

ドアを閉めると、それを背にして寄りかかる。わずかなやりとりの間に大汗を掻いていた。それを気付かれないようにするのが精一杯で、今の会話は変じゃなかったよね、ちゃんと流せていたよねと、心の中で自問自答を繰り返す。

さっき私は、彼のことを「圭さん」と呼んだ。いくら話の流れで口をついたとはいえ、今まで「樋田さん」と言い慣れていた私にとっては、非常にきまりの悪い単語のように思えて仕方なかった。同じ四年生の先輩が彼を「圭」と呼んだり、男子の一部で「圭先輩」と言っているのを聞いていて、なんだか耳に馴染んでいい音節だなとは思っていた。無意識に自分も言ってみたいとでも考えていたのだろうか。なんて大胆なことをしたんだろう。彼はそれで呼ばれ慣れているから気にもかけていないだろうに、私一人であたふたして格好悪い。そう思っているところへ、さらに追い討ちをかけて、心中沸々と湧き上がってくるものが抑えられなくなった。

名前をなるべくたくさん呼びたくなる、という昼間の洋美の台詞。その理由は「その文字だけ光って見えるくらい、いい名前に見えてくるから」と言っていた。確かに大人数サークルの名簿の中でも、彼の名前はすぐに目に入る。下の名前で呼ぼうとするのもそれに通じるものがあるのだろうか。

そういえば、樋田さんの姿を見ると「あっ」って感嘆詞がまず最初に付く。それは有名人を見ても同じ反応なのかな。二人で喋っているときも、あの声と横顔に癒されて幸せな気分と言えばそうかもしれない。思い返すといつも目線の先に彼を捜していた。他の人と笑っているのを見れば何を話していたのか気になるし、できる限り偶然を装って彼の隣を確保しようとしている。

ちょっと待って……それって私、洋美と同じことをしてるんじゃないの。それなら
これは、「そういう」こと、なんでしょう？
いや違う、そんなはずはない。そういうのは気になると「そうかもしれない」って
思い込んでしまうものなんだ、早く消えろ、こんな考え——。
『自分の乙女チックな考え方とか、キャラじゃないなって行動がばかばかしいのにや
められないのは、その人のことが好きだってことなんだよ』
「！」
はっと息を呑んだ。ともすれば叫びそうな衝撃。ああ、なんてことだろう。こんな
タイミングで気が付いてしまうなんて、心の準備が何にもできていない。心臓が本気
で口から飛び出さん勢いで、私の肋骨と言わず内臓と言わず、至るところをけっ飛ば
している。
「……好き？」
一言発した瞬間、顔から火が出る感覚を味わって、慌てふためきドアから飛び退い
た。急いで自分の分も布団を敷いて横たわり、掛布で全身すっぽり包み込む。どうし
よう。どうにもならないけれど、どうしよう。一度知ってしまったもの、一度の激痛
で自覚してしまったものは、もはや後戻りの道を失っていた。
昨日から一変、二日目は朝方までまったく眠れなかった。

最終日の午前中は、ほとんどの部員が二日連続の飲み会に疲れ果てて倒れていた。その中にあって私は独り、頭が冴えきっている。だが四肢に力が入らない点においては他の人たちと同じだった。

昼過ぎに帰りのバスが宿の前までやってくる。二日酔いの治らない洋美はいち早く乗り込んで、前方の席を二つ使って横になり、さらに睡眠を取っていた。帰路はすべて寝ていくから大丈夫だと、力なげに手を振った。

私の隣は行きと同じ、樋田さんだった。昨晩はあの後、他に酒で倒れた男子が続出して介抱に追われていたらしい。かなり眠そうにしていた。寝たのは三時半くらいだとか。

「今朝方またあの夢を見たけど、君が出てきた」

「私？」

場面は無機質の葬儀場らしき部屋から、教会と寺をない交ぜにしたようなところへ変わっていた。珍しく音声も入っていてＢＧＭに賛美歌が流れてくる。しかし牧師はひたすらお経を唱えているし、献花は白百合ではなく菊花、ステンドグラスにも大仏のような絵が描かれている、とんでもなくにぎやかな場所だったという。きっと昼間の光景が影響したのだろう。

参列者は相変わらずカクカクした動きだったものの、その中で唯一立ち止まって遺影を見上げた平服の女、それが私だった。他はモノトーンなのに私にだけ色がある。

何でもない日常で、知り合いの夢に自分が出てきたら何と言って返すだろう。「夢に見てくれてありがとう」？「出演料もらわなくちゃね」？　いつもなら考えなしに、思うまま口に出すのに、もはや熟慮してからでないと怖くて何も言えなくなっている。悟られてしまうのではないかと、気が気でない。

「私……泣いてました？」

「どうだったかな、覚えてない」

もっと気の利いた台詞は言えないのだろうか。彼の目に映る自分が気になってしまうなんて。「自分は絶対そんなふうにはならない」と断言しながら、ものの見事に「そんなふう」になってしまったことが情けなく、外にも内にも色々な思いが渦を巻いていた。どんなバス酔い、酒酔いよりも、胸が詰まる。

少しすると、樋田さんは眠りについた。そして再び車体の揺れのたびにこちらへ傾いてくる。今度はこっくりこっくり上下するわけではなく、私の肩ギリギリで止まっていた。意識がないのを確認して、彼の様子をじっと観察してみる。起き出す気配はなさそうだ。

「いい、よね」

小さく独り言を呟いてもう一度樋田さんを見遣る。彼は気付かない。私は恐る恐る、頭を右のほうに倒した。あと少しでぶつかりそうな位置。彼に遅れること十数分、大胆にも私はそのまま瞼を閉じた。隣にいられればいい。その温かさが伝わるくらいの近さにいられるということが、何よりの喜びになっていた。いつからだったろう、いつから私は、この人を――。

どれくらい経ったか、次に目を開けたときには新宿駅周辺の高層ビルが視界にあって、もうすぐ到着するというところだった。ハッとして隣を見るが、樋田さんはまだ起きておらず、私より一時タイミングが遅れて意識が戻る。寄りかかったのは気付いていないみたい。よかった。

駅構内までは団体で動き、そこで解散を宣言して合宿は終わる。洋美が切符を買うのを待っていると、背後から樋田さんが「じゃあね」と言って立ち去った。その姿は、やがて改札の向こうに見えなくなる。

その後、二日酔いもすっかり治った洋美とともに中央線の東京方面ホームで電車を待っていると、彼女は自分の恋の終わりを私に告げてきた。

「私、今回のことで分かった。もう部長のことはどうでもいいや」

「そう」

「無愛想と無神経って違うじゃん。ちょっと無理がたたったけど、早めに気付けてよかったよ」

「そう」

「どしたの潤子。顔赤いよ、風邪でもひいた？」

洋美は言うより早く私のおでこと自分のおでこに片方ずつ手のひらを当てる。私はなされるがまま、何でもない、と元気に返すことができなかった。

「熱はないね」

「あのね、洋美」

「うん」

「私、好きな人、できたかもしれない」

「えぇぇっ」

洋美の素っ頓狂な声に、周りの客が驚いて振り向いた。ちょっと恥ずかしくなって首をすくめた彼女だったが、めげずにさらに聞いてくる。

「だって、昨日はそういうのは分からないって言ってたよね」

「うん」

腑に落ちない顔をしながら洋美は質問を続けた。

「で、誰？」

「樋田さん」

「えー、あのムスッとした男が？」

「……うん」

「意外だな、恋愛なんて興味ないって言ってたあんたがねぇ。でも、そんな潤子でも好きだと思うなら、きっといい人なんだろうね」

「うん」

「頑張んなよ、私応援するから」

「うん」

しっかりしなさいよ、と喝を入れられる。それもまた同じ応答で返すので、洋美は苦笑した。

頭の中が真っ白なのに、心の中はぐちゃぐちゃ。次からどんな顔をして会えばいいだろう。急によそよそしくしたら変だし、彼だけでなく周りの人にも態度でバレてしまったらどうする？　まさか乙女モード全開で内股歩きになったりしないよね。

手を握られれば悪い気はせず、肩が当たっては安心し、彼女がいないか少し気にしてはそれを羨ましいと考える——無意識に下心丸出しの行動になっていたのかと思うと、申し開きができないくらい恥ずかしかった。心を寄せる人ができたというだけで、この身はもはやこの身でないかの如くおかしかった。なのにそれでいて、本音の本音では幸せなんだ。湯気が立つくらい恥ずかしくても、彼を思い起こすだけで心は満たされる。

図らずして、思いもかけず、落ちるものらしい。恋というのは。

＊＊＊

「洋美、しっかり。明日は八時に朝食来るからね」

「あーい」

布団で大の字をかく洋美は、手を大きく振り上げて答えた。気分よく寝てくれるなら心配いらないかな。私も顔を洗って寝よう、そう思って立ち上がろうとすると、彼女は目を瞑ったまま話しかけてきた。

「ねえ潤子、ホントありがとね」

「どうしたの、急に」

「あの合宿のとき、潤子がさ、『あれは絶対駄目』って怒ってくれたでしょ。気分最悪だったけどそれだけは聞こえて、私の代わりに怒ってくれてるんだなって思ったの。そしたら部長なんて全然カッコよく見えなくなった。もしはっきり言ってくれる人がいなかったら、私ずっと引きずってたと思う。だから、潤子がいてくれてよかったよ」

「ふふ、どういたしまして」

「やっぱ私にはアッキーが一番だぁ」

　語尾にハートが飛んでる。アッキーって……暁彦さんのことよね。いつもは旦那とかあれ呼ばわりなのに、本当はそんな呼び方してたんだ。意外。

「でも、潤子もよかったよね」

「何が」

「私の介抱にかこつけて圭先輩と共同作業ができて」

「そ、そんなわけないでしょ」

「それで自分恋してるって気付いたって言ったじゃん。おぶってもらってた私にも、ちょっとは嫉妬したべ」

「……」

「だべ」

「……した、かも」

　洋美は見透かしたように微笑んだ。私が帰りがけに打ち明けた話だけじゃなく、酔っぱらっていた間のことも、実はしっかり覚えていたようだ。

「潤子も、幸せになれるよ」

　そしてすぐに寝息を立て始めた。何よ、散々言いたいこと言っちゃって。

　洗面所で顔を拭きながら、鏡に映る自分を見つめる。九年前の無邪気な私は、まだここにいるのかな。誰かのことをずっと目で追って、ずっと隣にいたくて、名前を呼びたくて、その人が他の女の子に少しでも優しくすれば嫉妬してしまう。そんな感情はどこへ隠れてしまったんだろう。

中高を女子校に育ち、それがほとんど初恋に近かった私にとって、あの夏は巨大台風が三つも四つもいっぺんにやってきたような衝撃だった。

今でも、初めて好きになったのがあの人でよかったと、そう思っている。

最終日、宿を少し遅く出発して長野駅へ。荷物をコインロッカーに預け、小布施へ向かった。小布施は昔から栗で有名なところだ。さらに葛飾北斎にも縁のある地で、鳳凰の天井絵図など多くの作品が残る。また、この町も古い家屋が軒を並べ、多くの観光客で賑わっていた。

散策を終えて陽が傾き出す頃、再び電車に乗り長野へ戻る。最後に駅近くで家族向けの土産物を買い込んで、ようやく全行程が終了。帰りの車内では、二人とも連日の歩き疲れですっかり眠りこけてしまった。東京駅からは東海道線で横浜まで出て、私鉄に乗り換える。洋美の降りる駅が先なので、降りていく彼女を私が見送った。

家に帰ると、玄関まで最初に出てきてくれたのは妹の倫子《みちこ》だった。

「お土産」

満面の笑みで両手をこちらにぬっと差し出す。お帰りの一言もないんだから、冷たいなあ。だが両親まで顔を見るなり、土産は何だと尋ねてくる。娘の無事な帰宅より食べもののほうが大事なの、とぶつくさ言いながら、母の入れてくれたお茶で早速菓子箱を囲んだ。家族四人揃って居間で団欒なんて、考えたら久しぶりだ。自然と、近く控えた父、征男の還暦祝いをどうするかという話題で盛り上がった。

「赤いちゃんちゃんこ、着たい？」

「もうおじいちゃんだねぇ」

「ね、最近しぼんできたんじゃないの」

女三人に囲まれると父はからかわれてばかりいる。「かしまし娘」にピーチクパーチクどやされても、動じないのが父のいいところ。逆に、それくらいじゃないと私たちの父親は務まらないだろう。だがさすがに年をとってきたせいか、今夜は早々に自室へ引き上げてしまった。居間では、残されたかしましい女たちの井戸端談義が続く。

「前から言おうと思ってたんだけど、潤子ちゃん、そのカップいい加減捨てたら」

「そうだよ。もう縁が欠けてるじゃん」

「やーよ、これが気に入ってるんだから」

もう何年も使っているから、いつ割れてもおかしくない代物。最近は食器棚の奥に入り込んでいて使っていなかったのを久しぶりに引っ張り出してきた。もちろん、いつかは壊れると分かっている。だけど、せめてその命が終わるまでは大切にしていたい、そう思って今までしぶとく残してきた。取っ手は何度外れたか知れないし、形だって市販に比べたらいびつ、それにくすんだ色の釉薬には細かいヒビも入っている。裏に、「1996・8・13 上原」と彫ってある以外、何の変哲もない廃棄寸前の古カップだ。でも、手作りにしてはよくもっているほうじゃないかな。

これが割れたら――なんて願かけをしたこともあった。でも、意外としぶといんだ、こいつ。

だから願いも空しく、今も私は彼を忘れていない。

長月

『だからさぁ、誘っちゃえばいいじゃん』

「いや、でもね」

真っ昼間から家の電話を一時間以上占領して、ひたすら押し問答を繰り返す。話題はほぼ一つ、樋田さんのことだ。

『なんで？　あれから会ってないんでしょ、ならいいじゃない』

「急にかけたら怪しまれるよ」

『んなことないって、何のための部員名簿なの。年賀状出したら用ナシじゃないんだからね』

「そんなこと言って、洋美が同じ立場だったらできるの？　ソレ」

洋美はほんのわずか口籠ってから『あ、あたりまえでしょ』と答えた。もう、他人事だと思って！

電話を切って、はーっと溜息をついた。夏休みは月末である。今が三日だから、まだあと三週間は会えない。授業のあるときは毎週顔を合わせていたのに、合宿以来一カ月近くあの姿を見ていないと、樋田さん欠乏症になってしまいそうだ。今頃、どこで何をしているんだろう。角館の実家へは帰省しただろうか。

片思いであると自覚してからの私は少し焦っていた。夏前の洋美と同じ。会えないと余計に気にかかるし、逆にもし「会えないことによって焦がれている」ならば、それは単にレアキャラを求めているだけで、本当に恋愛感情なのかどうかも次第に不安になってくる。何もない日、のんびり過ごす時間が好きだったけれど、時間が有り余ってしまうのも時として考えものだ。何の利もない思考によって頭の中は完全に占拠されている。

迷っていても仕方ない。そうだ、とりあえず電話してみよう。もし彼の下宿先である叔父さん家族が出たら、サークルの連絡事項だとでも言えばいい。実家に帰っていたら、それはそれで諦めればいい話だ。

大体、洋美には嫌だ何だと言っておきながら、手元には名簿が用意してあるんだから、もうここまで来ると、とことん馬鹿なことをし尽くしてしまえという気分にもなる。

「よっしゃ」

長々しい言い訳で自分を鼓舞して、戻したばかりの受話器に手を置いた。だがそれを取るより早く、電話のほうが先に鳴り出した。せっかくの決意だったのにと文句を言いながら、まずはこの電話に出るほうが先と、一つ息をついて受話器を取った。

「はい、上原です」

『樋田と申しますが、潤子さんはいらっしゃいますか』

とうとう心臓が止まった。首筋から指の先まで針を刺したような痺れが走り、耳元ではぐわんぐわんと鐘が鳴っている。言葉がすぐに出てこない。

『もしもし』

「あ、はい、ワタ、私です」

『ああ、上原さん。急なんだけど、九日までに暇な日ってありますか』

「コ、九日までですか」

『叔父が上野の展覧会のタダ券をもらってきたんで、暇ならどうかと』

上野は動物園以外見たことないって言ってたでしょ、と彼は付け加える。前に部室でそんな話をしたような気がするけれど、そんなことで誘ってもらえるなんて思ってもいなかった。

「いつでも空いてます」

『それなら七日の十時半でどうですか』

何でもいい、あなたと行くならいつ、どんなところでも——と心の中では思ったけれど、そんな台詞、間違っても言うわけにはいかないので適当に相槌をうった。

「はい、よろしくお願いします」

電話を切る。部屋へ戻り、真っ先にベッドに抱きつく。

「んーっ」

枕に顔を埋めて、嬉しさのあまり漏れる叫びが外に聞かれないよう、必死にこらえた。何を着ていこう、どんな髪型にしよう。まだ三日あるから美容院へ行ってこようかな。靴はまともなヤツがあったかしら。あんまり派手にするのは彼の好みじゃなさそう。かといって遠足スタイルも考えものだし、スカートだってここのところ穿いていない。慣れない格好じゃ、きっとボロが出る。

「そうだ」

そんなことより、まず予定表に書き込まなくちゃ。部屋に転がっていたカバンからスケジュール帳を取り出した。そして授業開始日と課題提出日のほかには、ほとんど予定の書いていない九月の欄を開く。

〝美術展観賞、上野にて、十時半、樋……〟

樋田の樋の字の木偏だけ書き始め、思い直して修正ペンでそれを消した。

〝圭さんと〟

当日はからりと晴れ渡り、上野公園にも人が溢れた。だが人の数が多かろうが、残暑で気温が高かろうが、私にとってはどうでもいいことだ。ホームにあった鏡を覗き込む。まだ顔は崩れていない。

慣れない化粧なんて、するものじゃないなと思った。マスカラを塗った後のまつげを指先で無理矢理持ち上げる。日々の努力が足りないから、自力では水平線より上を向いてくれないのだ。元から瞼に薄く入っている二重の筋が少しだけ濃くなった。そして鏡の中の、見るからに不安そうな自分に向かい、にかっと歯を見せて笑ってやる。我ながら笑顔が似合っていなくて怖かった。

上野駅の公園口改札を出たのは、待ち合わせの十五分前。友だちと遊ぶときでも集合時間寸前に到着する私が、今日だけは朝から自力で起きられたし、出かける準備もてきぱき終わらせた。母が玄関まで見送りに来たけれど、明らかに不審そうな顔をしていた。好きな人ができたことは思いのほか言い出すのがためらわれ、今日は洋美と遊びに行くことになっている。出ていく娘は友だちと会うはずなのに、普段ならあまり好まないはずの口紅まで差しているのだから、勘ぐるのも無理はない。

五分前になる。彼の姿はまだ見えない。前髪をいじり、服の裾の皺を伸ばしたりバッグの中を覗いたりしていると、改札の向こうに見慣れた頭がやってきた。樋田さんだ。どんな顔をして応対するか定まらず、つい私は柱の裏に隠れてしまう。十秒ぐらいして、私の真横を彼が通り抜けた。目の前の車道沿いに左右を見渡している。真後ろの私には気付かないみたいだ。私は意を決して背を叩いた。

「おはようございます」

樋田さんが振り返る。

「待ちましたか」

「十分くらい」

「そう」

あ、こういうときは「いえ、今来たところです」と答えるべきだった。失敗したな、嫌みだなんて思われてないわよね。

並んで通りを渡り、公園へ入る。渡ったすぐ目の前にあるのが東京文化会館、右向かいには国立西洋美術館。その二館の間を直進した先に見えるのが動物園で、右折すると噴水広場がある。広場の付き当たりは国立博物館、その右手前には科学博物館、そして左手奥にあるのが目的地の東京都美術館。さらに東美の奥にはかの有名な東京芸術大学すなわち芸大があって、ここにもいずれ美術館ができるらしい――彼は歩いている間、美術館ビギナーの私に上野レクチャーをしてくれた。あれが、これがと言っては指し示す方向を見遣りながら、彼のその指先にも見とれてしまう。

展覧会はイギリスの大英博物館所蔵品を国際巡回展に出したもので、古代オリエント文化を詳しく紹介していた。大英博コレクションは人気があるみたいで、来場者も多い。それでも見終わって出てくるとまだ時間が早いので、さらに国立博物館の常設展を覗きに行った。入場料も安いし、と言って気軽に入ってみたのだが、ここは中があまりに広すぎて二時間でもすべて見終わらず、足がもつれてきたところでギブアップしてしまった。

「疲れたな」

「足がパンパンです、あんなに広いなんて」

「腹も減ったし」

「展覧会って、いつも一人で行くんですか」

「うん。時間があるときだけね」

それから上野駅の反対側、アメ横がある出口のほうへ歩いていって、定食屋で遅めの昼食をとった。向かいに座っている樋田さんが黙々と箸を動かしているのを見ていると、とてもほほえましく思える。

「食べないの？　それ」

「ちょっと苦手で」

途中、彼は私の膳の紅ショウガを指して言う。

「もらっていい？」

「どうぞ」

樋田さんは箸を伸ばし、器用に一回でそのほとんどを取り上げた。食べたいなら何を取っても構わない、とまで言いたくなってしまうのは、おそらく洋美も言っていた「世話焼きになる」ということ。子どもの欲しがる品目は喜んで与えてしまう、母親の心境が分かる。恋愛と母性本能ってどこか似ているのかもしれない。献身的すぎると尽くすばっかりで報われないとか、束縛が強くなるとか、そういうのは嘲笑の対象かと思っていたけれど、ともすると自分だって陥りかねないんだと自覚した。でも、何でもしてあげて何でも許してしまうような関係にはなりたくない。求められるとき、必要とされるときに応えてあげられる、そういう存在でいたい。

だから、まだ告白なんてできない。自分が自力で地を踏みしめていられないうちは。

アメ横をしばらくブラブラして、日が傾きだした頃、駅へ向かった。どちらが、ということもなく、歩みは超低速。そして二人の間も、少なくともあとから来る人がたとえ急いでいても、わざわざ割っていこうとはしないくらいに狭まっている。端から見たら恋人同士に見えるかな、なんて淡い期待を抱いたりして。

「圭さん、もう帰省しました？」

「いや、サークルとゼミの合宿があったから、これからだよ。明後日に発って二週間くらい向こうにいるつもり」

「戻ってくるのはギリギリになりますね」

「そうだね」

「角館って、どうやって帰るんですか」

「夜行で秋田まで行って、秋田から大曲、そこからさらに田沢湖線」

「それって結構しんどいですよね」

「田舎だしね。でも、来年はとうとう新幹線が通るらしいんだ」

ゆっくり歩いてきた道のりも、お互い別々のホームへ別れるポイントに辿り着いてしまった。彼は山手線、私は京浜東北線。

「じゃ、また部室で」

樋田さん――圭さんは、山手線の階段へと歩いていく。

「圭さん」

思わず、呼び止めてしまった。今は知り合いの誰も聞いていないんだし、いいや、ちょっと厚かましいけど言ってしまえ。

「展覧会、私でも見れそうなのがあったら、また誘ってください」

「了解です」

彼は微笑んで返した。今のはたぶん、社交辞令なんかじゃなかったと思う。

今日は意識的に「圭さん」と呼んでみたけれど、彼は気付いていただろうか。だが次第にその呼び方のほうが慣れてしまって、「樋田さん」に違和感を感じるようになるにはそう長くかからなかった。

長いようで短かった夏休みが、終わっていく。秋季の授業が始まるとき、私は八月の合宿で撮った彼と三匹の猫の写真を現像し、こっそり手帳のカバーポケットに挟み込んだ。

＊＊＊

車内広告の一つに、感慨深い名称を見つける。かつて二人で足を棒にして見回った東京都美術館と国立博物館の展覧会案内が並んで吊されていた。連れていってもらったことで啓蒙され、以来、美術館や博物館をしばしば訪れるようになった。圭さんともあれから二、三度、一緒に出かけたと記憶している。——やっぱり、今も「樋田さん」より「圭さん」のほうが言いやすい。

就職してからはそういうものに情熱を注ぐ時間も減り、気付いたら会期が終わっていたりして、開催要項を熱心に調べていた頃がもはや懐かしくなってしまった。もとより平日は残業が入ることもあるし、夜の十一時を過ぎて電車に乗っているような人間に行けるはずもないのだけれど。

恋愛でもっとも充実して幸せなのは、好きな人をひたすら追いかけているときじゃなくて、彼が少しでも振り向いてくれたときでもなくて、自分がその人に恋していることを気付くまでの時間だと思う。何の下心も考えもなく、素直にその人に対峙し傍にいて、「私はどうしてこんなに気分がいいんだろう」と朧げに考える、そのほうがよほど気楽だし、迷いながらも謎解きのようで純粋にドキドキする。片思いになってからは、「こう言ったら変に思われるかな」とか「今、何を思っているんだろう」とか、余計な雑念ばかり過《よ》ぎって萎縮してしまった。気を惹かせたくても私は容姿に長けた女じゃないし、性格だってこの通りちょっときついほうだと自覚しているから、「嫌われたらどうしよう」が常に目先にちらついている。圭さんの存在が近く大きく映るようになればなるほど、自分がどんどん小さな人間になっていく気もしていた。

「ただいまー」

玄関で投げ飛ばすようにヒールを脱ぎ捨てる。やっと解放された足は、血流がよくなってジンジンと痺れていた。

「あ、お帰りなさいッス、お義姉《ねえ》さん」

家族より先に私の前に現れたのは二十代半ばの、Tシャツ短パン姿、首からタオルをかけた小柄な男。妹、倫子の彼氏、森口孝次だった。

九年前中学生だった妹は、その後私と同じ大学に進んで考古学を専攻し、今は大学院博士課程に在学している。森口は同学年で、一年のときから数少ない考古学仲間として和気藹々とやってきた。いつの間にか付き合って、いつの間にか森口もわが家へ上がり込んでいるから、もうこれくらいのことで驚きはしない。

それよりも、明らかに湯上がりの格好、そしてこの時間帯でここにいるということが問題。

「何してんの」

「研究棟で勉学に熱中していましたら、終電を逃しまして。お邪魔してマス」

「ぐっさん、いい加減、埼玉の奥地から横浜まで通ってくるの諦めたらどう？」

「いやぁ、あっはっは」

森口はおおげさに笑い声をあげた。文学部青年には似つかわしくない、白い歯がまぶしい。本当のところは、今日うちに来た時間を逆算しても、終電に間に合わないことはなかったと思うのだけれど……要は、泊まっていくわけね。森口はこの通り、ちょっとおかしなヤツだ。土を掘っているのが何より幸せだと公言するだけのことはある。洋美じゃないけれど、学問を究めようとする人は本当に変人が多い。

一度二階に上がり部屋着に着替えて戻ると、倫子と森口が居間で深夜帯のアニメを見ていた。二人ともいい年をして、体育座りで画面にのめり込んでいる。ホント、子どもっぽいというか何というか。かく言う私も、彼らの影響でちょっとマニアックな作品まで詳しくなってしまったから、あまり大きな声では言えない。

「あ、お姉ちゃん、お母さんが早くお風呂入ってだって」

「今から入るよ」

　倫子の隣で森口が行ってらっしゃい、と手を振った。あれ、ちょっと待って。つまり、ぐっさんの入ったあとの湯船に浸かれってことよね。複雑な顔をして嫌みを投げると、森口は一切動じずに答えた。

「いいじゃないですか、これぞ家族愛ですよ、家族愛」

「そうだよお姉ちゃん」

　倫子まで口を揃える。

「いつから家族になったのよ」

「冷たいなあ、お義姉さんは」

「冷たいなあ、お姉ちゃんは」

　うう、二対一で形勢不利みたい。なんてそっくりなヤツらなのかしら。

　でも事実、森口が弟になる日は近いだろう。彼は来年、東京の文化財保存関連団体に採用が決まっている。倫子のほうはまだしばらく院にいていずれ就職するつもりらしいが、森口の生活が落ち着いた頃に結婚ということも考えているようだ。いつまでも盟友で、仲良くやっていてほしいと思う。妹に先を越されるのは、姉の本音としては悔しいところだけど。

さて、九月も終わりに近付いた頃のこと。残業がなく珍しく夜早く帰れた日、そう

いうときに限ってとんでもないことが待ち受けていたりする。

「おかえりなさい、潤子ちゃん」

ドアを開けると、玄関には両親が二人揃って待ち受けていた。門扉の開く音を聞い

て飛び出してきたのだ。父も残業を明日に回して早めに帰宅したらしい。両人笑顔で

余計に恐ろしかった。

「いい話よ」

「いい話って?」

「お・見・合・い」

瞬間的にクラクラと倒れ込みそうになった。冗談で使っていた「見合い相手でも探

してきてよ」の言い訳、それを実際に目の前に出されると、さすがにたじろぐ。

「今どきのIT企業の人らしいんだけどね」

母は私が一言二言反応するのも許さず、先方の話を続けた。出身は某私立大、そこ

は私の出身校とスポーツなどでライバルとして火花を散らす学校だ。IT企業の広報

部で働く三十二歳、収入もそこそこ。年齢的にも年収的にも問題ないし、古いことを言うようだけれど学歴だって釣り合いが取れている。父の友人で寺西さんという人の奥さんの、そのまた友人の息子さんだという。よくそんな遠い縁を手繰ってきたもんだと感心しながら他人事のように聞いていると、次第に二人は機嫌が悪くなっていった。

「ちょっと、あんたの話してるんだからね。聞いてるの?」

「はいはい、聞いてるよぅ」

「お会いするのは来月一週目の土日のどっちかだからな。ちゃんと空けておくんだぞ」

「へっ」

「お互いお写真撮るのが間に合わないから、その日直接お会いすることになるけど、いいでしょう?」

「ちょっと待ってよ、何を言ってるの」

「安心しなさい、寺西くん夫妻は眼力のある人で他にも仲人をしているから、きっと先方もしっかりした人だよ」

結構イケメンなんですってよ、と付け加える母。

いやいやいや、そんなことを言ってるんじゃない。私がいつオッケーを出したのよ。会ったこともない特定の人と、結婚を意識しながら会わなきゃいけないなんて、いくら何でも私には無理。

「そうは言っても、もうすぐ二十九でしょ。確かに三十過ぎても結婚しない女性は増えてるって言うけど、潤子ちゃんだっていつかは結婚したいって言ってたんだから、そこまで拒むことはないと思うけど」

「そうだよ、会うだけ会ってみて、合わないと思ったら断ればいい」

強引に押し切られた。だが圧倒されたとはいえ、確かに「結婚」、その二文字を意識してこなかったことはない。十年来の親友が結婚で幸せそうにしていて、自分の妹にもその兆しがあって、このまま一人行き遅れるのは嫌だとも思っている。

自分自身の人生なのに、真正面から真剣に見つめることを避けてきたのかもしれない——そう割り切り、この一回は両親の意に沿うことにした。

神無月

予定どおり、第一週目の日曜日。

この日のために買わされた新しいワンピースを着て、朝早くから母に近所の美容院へ連行される。

「ここってお母さんの行ってるとこじゃん。ミセス専門なんでしょ」

「昨日までに頭どうにかしてらっしゃいって言ったのに、そうしないから無理言ってお願いしたのよ。文句ばっか言わないの」

二言三言、苦言と文句の応酬が続く。

だが、頭も化粧も一通りセットしてもらうと案外一端《いっぱし》のお嬢さまに見えてきた。

「ねえ、着物とかじゃなくてよかったかな」

「あんた、ホントに頭古いわね。テレビの見過ぎよ、私のときでも着物なんか着なかったわ」

そうなんだ。元見合いの達人の母の言葉は、妙に説得力がある。

最寄り駅から電車で横浜へ出る。何だかんだで便乗して母も新しい服を買ったらしい。二人揃ってめかしこんで出かけるのは大学の入学式以来だ。

見合いに関してよく聞いてみたら、これだけことを急ぐにはどうやら理由があったらしい。相手は来年春に海外赴任が決まっているというのだ。行き先はフランス。新婚生活がパリというのも悪くないな、などと安易な考えもよぎった。

待ち合わせは横浜みなとみらいにあるホテルのロビー。少し顔を強ばらせながら進んでいくと、向こうに仲人の寺西さんと思しき中年のご夫婦と、背の高い男性が立っていた。

「芳子さん、お久しぶりね」

寺西さんの奥さんが、芳子、すなわち私の母に話しかける。何度か会ったことのある間柄らしい。

「今日は本当にありがとうございます、娘のために。ごめんなさいね、いい年して母親まで付いてきちゃって」

「大事なことですもの、当たり前よ。まぁお綺麗なお嬢さんだこと」

馬子にも衣裳ですからと母は笑った。変なこと言わないでよ、せっかく誉めてもらったのに。

「そんなことはありませんわよ」

「サ、立ち話もなんでしょうから、座って少しくつろぎましょう」

両人の案内で、予約していたレストランへ向かった。

「あ、前を歩いてるの、彼ですよ」

寺西さんが指し示すほう、少し前方を、サラリーマン風の若い男性が歩いていた。中肉中背で広い背中。鍛えているのだろうか、スーツのラインが綺麗に出ている。背筋がすっと伸びていて印象は悪くない。

「おーい、濱村くん！」

寺西さんが声をかけると、その人は振り返り、笑顔で軽く会釈した。こちらも慌てて頭を下げてしまい、どんな顔かちゃんと見そびれたのが悔やまれる。人は第一印象が九割五分だというのに。

個室へ案内され、ウェイターさんに椅子を引いてもらう。座るタイミングでチラリと向かいのその人を見遣ったら、彼もこちらを一瞥していた。目が合った瞬間、彼は優しく目尻を下げ、また小さく会釈した。目は一重、凛々しい眉と高めの鼻筋で、唇は薄め。少し長い前髪をオールバック気味に後ろへ撫でつけていて、肩幅もそこそこある。母に言わせれば今時のイケメンタイプだ。

「こちら、濱村浩さん」

三十二歳、六本木ヒルズに会社があって云々、すでに伝えられていたことを今一度確認する儀式のように、仲人のお二人が説明をしてくれる。終わると、本人が挨拶した。

「濱村です。どうぞよろしく」

私のことも同じように説明があって、挨拶を返す。

軽い昼食をとりながら和やかに歓談……と行きたいのだが、何を話したらいいのやら、どんな話も「どうですか」「そうですね」で終わってしまい、結局ろくな会話にならなかった。

「それじゃ、あとはお二人で」

出た、これが噂の「若い者同士のほうが話も弾むでしょう」ってやつだ。親や仲人の人がいないから気は楽でいいけれど、これからどうすればいいのだろうか。昨日の夜、母からは「気に入らなくても夕食くらい一緒にしてくるのが礼儀、でもどうしても駄目なら帰っておいで」とは言われたのだけれど。

ロビーで母たちと別れ、港のほうへ向かった。

「どこへ行きましょう」

「どこでもいいですよ」

すると濱村さんは眉尻を下げて「ごめんなさい」と言う。

「本当なら男がかっこよくエスコートするべきなんでしょうけど、お恥ずかしいことに僕はこういう新しいところは詳しくないんです。上原さんがこの辺りの高校ご出身と聞いたので変に下調べもできなくて」

「それなら、とりあえず赤レンガ倉庫のほうへ行ってみますか」

「お願いします」

私たちは大きな通り沿いに倉庫方面へ並んで進んだ。その間、ぎくしゃくしていた先ほどの食事が嘘のように会話が弾む。

「でもね、いくら学校が近いからといって詳しいとは限らないんですよ」

「え、そうなんですか」

「地元だから、逆にいつでも行けると思っちゃうので」

「ああ、なるほど」

みなとみらい地区は横浜港界隈に広がる臨海地域で、そこには七十階建ての横浜ランドマークタワーをはじめ多数のホテルや巨大ショッピングモール、シネコン、アミューズメントパークなどが建ち並んでいる。この十数年、息つく暇もないほど新しい建物や空間が次々に現れてきた。地元の人間でもかろうじて方向が分かる程度、訪れるたびに「こんなのあったっけ」が口をついて出る。今も成長を続ける街だ。

「さっき聞きそびれちゃったんですけど、『ご趣味は？』これ、確かお見合いの常套文句でしょ」

「ふふ、そうですね。何だろう、旅行とか映画鑑賞とか……。濱村さんは？」

「僕も映画はよく見ますよ。あとは、野球かな」

彼は第一印象通りの好青年だった。ＩＴ企業とはいっても最近話題の若手社長のようなヒルズ族生活には無縁で、趣味は学生時代から続けている草野球。ちなみにポジションはショート。酒は好きだが煙草は苦手、絶叫マシンは乗れるのにお化け屋敷は泣きそうになる。落ち着いた雰囲気でもっと淡泊なのかと思いきや、かなり気さくな人だった。お茶目な一面もあるし話がうまくて、初めて会った人だから質問が尽きないというのもあるかもしれないけれど、ほとんど無言にならない。

赤レンガ倉庫広場の前の海を見ながらベンチに腰かける。彼は突如、核心を衝いた言葉を投げかけてきた。

「急に呼ばれて大変だったでしょう、今日」

図星の指摘に、一瞬答えに詰まってしまう。

「ああいいんです、僕も同じなので」

彼はヒラヒラ手を振った。

「親が心配してくれるのは分かるんだけど、いきなり『見合い』って言われると構えちゃうんですよね」

「濱村さんも、ですか」

「そりゃそうです。あ、でも――」

相手が上原さんみたいな人だと話しやすい、と彼は言った。口説き文句ということではなく、率直な感想として言っているのがニュアンスから聞いて取れる。本音をきちんと言葉にできる人と出会えて、しばらく感じていなかった清々しい気持ちが湧き起こった。

その後夕食をともにして、同じ電車で横浜駅まで戻った。川崎方面に住む彼は、私を見送って私鉄の連絡改札口まで付いてきてくれる。

「今日は楽しかったです。どうもありがとう」

「いえ、こちらこそ」

「ええと……それでさっき、ああは言ったんですが、またお食事とか誘ってもイイでしょうか。お忙しいだろうけど」

濱村さんは恥ずかしそうに自分の首筋をさする。首辺りに手を置くのは彼の癖らしい。私は快く「はい」と答えた。見合いが本人の意志ではないことはすでに打ち明けてしまっているから、私を誘うのも気が引けたんだろう。だが私自身も、久方ぶりに「また会って話したい」と思う人だったので、お互いに暗黙の了解ができていたと思う。

嬉しそうに笑った彼の頬にもえくぼができていた。

家に帰ってまたデートをすることになったと告げると、家族は盛り上がって赤飯を炊くとまで言い出した。「見合いもいいもんでしょ」と鼻高々だ。確かに、今回ばかりは親の力に感謝。奥手を通り越して恋愛運に恵まれなかった私にとっては、「お互いが気にかかる」状態は奇跡的なことだった。私にもようやく、運が向いてきたのかな。

翌週の週末、早くも第一回目のデートがあった。みなとみらいのシネコンで映画を見る約束をして、駅前で待ち合わせる。家からさほど遠くないのと、やはり緊張してしまったので、待ち合わせの十五分前に到着した。今日の服は、最近一番気に入っているワンピース。もう頑張って目を見開かなくても、マスカラを付ければまつげは上に向いてくれる。髪はちゃんとまとまっているかな、口紅は落ちていないかしら。心配になっては手鏡を覗いた。

それから十分後、濱村さんがやって来る。彼もスーツではなく、カジュアルシャツにジャケットというラフな出で立ちだ。前髪も下ろしているので印象が変わる。

「すみません、待ちましたか」

「いえ、私も来たばかりで」

「そうですか」

映画鑑賞が趣味、とは言っても、最近はあまり見なくなったから何を上映しているのか分からない。二人して上映表を見上げて検討会だ。

「どれにしましょう」

「不倫とベタベタの恋愛ものは、かゆくなるから嫌です」

「僕も同感」

討議の結果、韓国の推理系サスペンス映画を見ることになった。韓流を選ぶなんて、洋美に毒されたかな。

席は座席指定制で、一時間も二時間も並んでいた昔に比べたら随分楽になった。ただシネコンが増えたために、単独運営の映画館が次々に閉館しているのは少し寂しい。

余裕を持って場内へ。しかし濱村さんは落ち着くことなくすぐどこかへ行ってしまった。一人残され、入るときに購入したパンフレットをめくっていると、しばらくして彼が戻ってきた。飲み物二本、ポップコーン一箱を入れた紙のバスケットを携えていた。

「はい、飲みもの」

「え、あ、ありがとうございます」

「二つともコーラにしちゃったけど、やっぱコーヒーとかのほうがよかったですかね。あ、でも一応、ダイエットコーラだから！」

思わずふふ、と笑ってしまう。

「私、コーラ好きだから大丈夫です」

ほっとした表情で彼は隣の席に座った。

「どうも僕は、こういうとこに来ると炭酸系とか、子どもっぽいものを選んじゃって」

「分かります。売店の前に立つと条件反射で『コーラください』とか言っちゃう」

「そうそう、そうなんです。若い時分の名残なんでしょうかね。ではこちらもどうぞ」

彼はポップコーンの箱も差し出してきた。私が実はそういうものを好きだと知っているはずもなく、偶然にも好みが似ているのは嬉しかった。

映画を見ている間、横目で彼の表情を盗み見る。興味津々、スクリーン以外は目に入っていないような集中ぶり。登場人物の台詞や場面に反応しては顔つきがコロコロ変わる。年上だけれど真剣な表情が可愛くて、映画の内容よりも、たまにその横顔を見ているほうが面白かった。

終わってからご飯を食べに行く。横浜らしく、中華料理にすることにした。彼は私の二割増くらいの量を、私より早く平らげてしまう。

食べ終わった彼の口元にチリソースが付いていた。私が自分の口元を突いて教えると、彼は照れ笑いをしながら拭き取る。

「もし何だったら、これも召し上がりますか」

「え、いいんですか」

「食べきれなくなりそうだから」

二人で半々、ということで注文した点心二種だが、私の分が一つずつ残っていた。食べっぷりから見てもまだいけそうな感じだったので勧めてみると、案の定、彼は喜んでそれをつまんだ。おいしそうに食べる彼を見ていると、最初から蒸籠《せいろ》ごとあげるんだったと思う。もし彼と家庭を築いたら、こんなふうに食卓を囲むのだろうか。想像できなくはないな——まだ会って二度目なのにそんなことを考えた。あんなに見合いは嫌だと言っていたのに、我ながら図々しいにも程がある。

会計になって、私が財布からお金を取り出そうとすると、彼はやんわり制止した。

「いいですよ、ここは僕が」

「そんな悪いです。この前も、さっきの映画代も出していただいたし」

「うーん、じゃあ分かりました。これだけいただきましょう」

そう言うと、彼は私が出しかけた何枚かの野口英世札から、一枚だけひょいと取り上げた。負い目を感じさせないための気遣いなんだろう。うまくやられた。

店の人に代金を支払う彼の姿を、斜め後ろから眺める。お釣りの硬貨を受け取る際の、背中越しに見えた手の動きに惹かれた。長い指を差し出すときの伸ばし方、さらには一連の動作の中で絶えず動いていた腕のライン。私の中で一番理想的な男の人の形をしていた。筋が入る手の甲も、適度に筋肉の付いたたくましい腕も、頼りになるだろうという印象を抱かせる。

その日も、彼は横浜駅の乗り換え改札口まで付いてきた。私が階段を上って彼の視界から消えるまで、手を振ってくれる。電車に乗ってしばらくすると携帯が震えた。メールが入っている。

『今日は楽しかったです。明日からまた出勤ですね。頑張りましょう。』

男の人らしい短い文章だけれど、行間から伝わる温かさがある。いい人だな、と思った。

翌週・翌々週もまた約束をして出かけた。会社帰りに食事をしたり、彼の好きなプロ野球球団の試合を観戦したり。野球をナマで見るのは初めてだったから大人げなくはしゃいでしまったけれど、彼も同じくらい盛り上がっていた。

本音は分からないが、お互い「気が合う」とは思っているらしい。若い頃と違って、それくらいの察しはつくようになった。このままの流れなら、おそらく近いうちに具体的な婚約等々の話が出てくるだろう。それはそれで、ありなのかもしれない。

ただ、そうやって楽しみ笑い合う裏で、計算高く算盤をはじいている自分に少しずつ嫌気が差し始めていたのも事実だった。

その月の終わり、洋美から電話がかかってきた。またお茶の誘いを受けて土曜日に家へ赴く。彼女は、この月の初めに妊娠が発覚した。現在、四カ月だという。家に行くと、気の急いたご主人の買ってきたベビー用品が、部屋の中にちらほら見受けられた。気が早いにもほどがあるわよね、と洋美は笑う。

いろいろ話していくうちに、私の見合いの経過について話題が飛んだ。私はちょっと得意げに、濱村さんとのデートの様子を話す。

「性格は合うほうだと思うし、いい人だから、かけてみるのもいいかなぁって」

しかし私がうぬぼれて話せば話すほど、洋美の顔はどんどん険しくなっていった。私が幸せ話をしているのが気にくわないのかしら。いつもなら冷やかしまじりに聞いてくれるのに。

「どうしたの」

「潤子、ホントにその人でいいの？」

「どういう意味よ」

「『いい人』だったら結婚するって考えは、やめたほうがいいと思う」

カチンと来る言い方。自分だって半ば見合いのようなものであっという間に結婚したのに、親友の縁談は遮るようなことを言うなんて、彼女らしくない。

「けど私だってもう三十手前だし、一生独身なんていやよ」

少し語気を荒らげると、彼女は真面目な顔つきでこう答えた。

「潤子が思ってるほど、結婚って万能じゃないんだよ。結婚すれば今までの悩みが吹っ飛ぶわけでもない。暁彦さんと一緒になったのも仕事を辞めたのも、間違いなく自分の決断だったし後悔はしていないけど、『これでよかったかな』って悩むことは何度もあった。今だってそう。時々、崖っぷちにつま先立ちで立たされてる夢を見るの。満足していて幸せなのに、おかしいでしょ」

初めて聞く、彼女の弱音だった。さらに洋美は続ける。

「それに」

「何？」

「横顔がよくて腕のラインと手の形が自分の好みで、ご飯あげたくなるくらい母性本能くすぐられて、隣にいてしっくりくる——潤子、それ圭先輩のときにも同じこと言ってたの、忘れちゃった？」

さーっと水が引いていくように、背筋が冷えた。気にはなっていたけれど、改めて他人に指摘されると、急にうしろめたい気持ちになる。

「別に、好きな人を無理に忘れる必要はないし、似た人を好きになるのもいいと思うんだよ。でも、潤子がもしどこかで無理してるなら、私がこれを言って一つでも引っかかることがあるなら、それで本当に後悔しないかなって」

何も言い返せなくなって、押し黙ってしまった。心は半分決まりかけていたつもりだったのに、途端に決意は鈍る。

「口ではどう言っても、やっぱりまだ忘れられないんだね。圭先輩のこと」

「でも、でも……」

顔色が悪くなる私を見て、洋美も複雑な表情を浮かべた。

「大体あんたは昔っから決断遅い子なんだから、今回も存分に悩んで決めなさいよ。それでもこの人って思えたらそうすればいい。なんか違うかもしれないって思ったとき、その場で立ち止まるのも勇気だよ」

「……」

反論がたくさんあったはずなのに、何も言えないまま帰路に着いた。全身の力が抜けて、自室のベッドへ体を倒す。

いつも同じだと思っていた洋美が結婚した。赤ちゃんができた。一方で喜びながら、他方で羨ましさを通り越し、妬ましく思っている自分がいたのかもしれない。そう言われれば、最近の私は少し焦っていた。

濱村さんはいい人だ。家族はもちろん賛成だし、世間的に見たってこれで結婚して渡仏するのが妥当。でも、この迷いは何。「大丈夫、これは正しい」と一つひとつ確認しながら、無理にでも正当化しようとするのはなぜなんだろう。洋美の言う通り、本当に後悔しないのか、はっきり断言しきれない。

じゃあ、結婚しないとしてこの先、どうするというの。自立した女を目指してマンションでも買う？　それとも今からキャリアを目指す？　いっそ海外留学して資格でも取ってこようか。自分の本当にやりたいことを見つけて――なんて言ったら、また洋美に「また無茶なことして」と突っ込まれそう。

彼女は柔らかく言ってくれたけれど、これは決断が遅いんじゃない、ずっとウジウジして難しいことを考えないようにしていただけだ。昔から、言った時点ではやる気満々でも、実際にそんな大それたことは成し遂げられない。いつもどこかで自分をセーブしてきた。無難なところで落ち着けば、丸く収まればいいんだと思い込んで。

確かに、濱村さんと一緒なら一定の幸せや満足を得られるだろう。だけど本当にそれで大丈夫？「恋愛」と「結婚」は別モノと言っても、単に安心感があって安全パイだというだけで決めてしまっていいのだろうか。どんなに似ていても、圭さんに片思いをしていた頃のときめきを、濱村さんに感じることはない。常に打算的な考えが浮かんで、立場とか釣り合いとか、そういうことばかりで判断しようとしている。結婚して仕事を辞めてフランスへ付いていって、たとえこれまでのすべての縁が切れたとしても、笑顔で乗り越えていけるだけの力が、今の私に備わっているだろうか。覚悟もなく、責任だけを彼に押し付けるような女にはなりたくない。

それに加えて、昔の恋に縛られたまま相手を見ていた現実。過去の美しき残照になっていると信じていたからこそ、思い返しては懐かしんでいたはずなのに、そうじゃなかった。私は濱村さんという人の向こうに、樋田圭介の姿を追っていたんだ。似ているから惹かれた。好きな体つきは、目に焼き付けすぎた圭さんのフォルムだった。ともにいて楽しいと感じたのは、圭さんと過ごした時間に戻れる気がしたから、だから安心できた。今さら過去を振り返ってどうなるものでもないのに、未だに私は〝あの日〟のことを克服できていない。〝あの日〟に置いてきたハタチの自分が、「何か違う」と、私の手を引き留めている。それを振り払うことができない。

十年経てば、乗り切れる傷だと思っていた。ぽっかりと空いた傷痕を埋めるのは誰でもいいわけではなかったのに、私はそれを無意識に濱村さんに求めようとした——。

「最低」

仰向けになって天井を見上げる。自身の問題だけでなく、彼に対しても失礼な話だ、こんなの。

無難に、平穏に生きてきた。多くを望むことはしなかった。大きな夢も持たなかった。進学や就職は運よくすり抜けてきたし、とてつもなく高い壁にぶち当たったこともない。家庭環境とか周囲の人たちとか多くのものに恵まれて、それほど馬力をかけずとも生きてこられてしまった。無論、だからといってそれらは決して駄目な人生ではなかったし、自覚していないだけでそれなりに頑張ったこともあるのかもしれない。

価値判断の基準は一つではないけれど、不満を抱いている自分がいるのも確か。

――どうしよう。

それから三日、仕事でもミスを連発するくらい悩んだ。端から見ればくだらないことなのは分かっていても、考えずにいられない。

三日目、ようやく答えを出した。十月最後の日の夜、携帯のメモリを開く。

「濱村さんですか、上原です。いえ、こちらこそ、連絡してなくてすみません。……実はちょっとお話ししたいことがあって、少しでもお会いできませんか」

霜月

家族には友だちと食事をする、と言って家を出た。一年で最も晴れているという文化の日、今年も例に漏れず高い青空。いっそ大雨で洪水になるくらいだったらよかったのに。

私が呼び出しているのだからと、待ち合わせは川崎にしてもらった。

「どうしましょう、行きたいところはありますか」

「いえ、どこかに座ってお話しできれば」

私の態度が硬化しているのを彼は敏感に察したようだった。駅前の喫茶レストランに入って紅茶を注文する。

「それでお話って」

「ごめんなさい。このお見合い、白紙に戻していただきたいんです」

濱村さんは驚いたふうもなく、ただわずかに目線を落とし、私の言葉を噛み締めるように頷きながら、ひと呼吸して答えた。

「お電話もらったときから、なんとなくそんな予感がしてました。うまくやっていけるかなって、少し期待してたんですけど」

「迷ったんですが、どうしても踏み切れなくて」

結婚に対して過剰な期待を寄せていた。もうすぐ自分は二十九になって、年も年で、今後のキャリアに対するビジョンもないし、この先どういう道を取ったらいいのか焦りもあった。思いがけない縁から、出会って間もない人と結婚し、遠い異国の地で暮らすのも悪くないと思った。元々流されやすい性分、一時はそれでもいいと考えていた、しかし。

―ちゃんとした説明になってないかもしれないけど、今の自分が納得できない状態で結婚なんて、とてもできません」

本当にすみません、と頭を下げた。すると彼は、即座に「頭を上げてください」と言う。

「いいんです。大事なのは上原さんの気持ちだし、その様子じゃ、随分悩ませてしまったようですね」

唇を噛み締める。罵声を浴びせられる覚悟もしていたのに。

「あんまり思いつめなくていいですよ。僕だって悩むこともある。正直結婚はまだ先だと思ってましたし、外国へ行くからじゃあ結婚しようなんて、人生の重大事項に期限を設けていいのか、付いてこさせてしまう相手の人生をちゃんと守ってあげられるか、自信がない」

一気に話して、濱村さんは一度紅茶に口をつけた。そしてカップをソーサーに戻し、

「お見合いならすぐ断れるからって気楽に受けてしまって、でも、上原さんはとても話しやすくて素敵な人だと思ったし、だから今までお会いしてきた訳で」

お互い、同じ感覚だったから、一緒にいて楽しかった。しかし、それが一時ではなく何十年、続くことを受け入れてもう一歩進むには、お互いきっと何かが欠けている。

「僕の覚悟が足りなくて、結婚に対する考え方とか将来のビジョンとか、はっきり示してあげられなかったから、上原さんにいろんな迷いを与えてしまったのだと思います。こちらこそ、申し訳ない」

そしてぺこりと頭を下げた。

「寺西さんには僕からお話ししておきます」

「え、でも……」

「あそこの奥さん、ああ見えて結構根に持つんですよ。小言を聞かされるのも嫌でしょ。あ、でも僕から断ったことにしても気を悪くしないでくださいね」

改札口、見えなくなるまで彼は私を見送ってくれる。

「元気で。お互い、いつかいい相手を見つけて幸せになりましょう」

最後の最後まで、彼は笑顔だった。数日後、寺西さんから両親に連絡があった。「今回はご縁がなかったようです」と。

見当はついていたが、破談と知った家族からは非難囂々、十数年ぶりにこっぴどく叱られた。挙式は年内か年明けかと、先々のスケジュールまで具体的に立て始めていたのだから仕方ない。

「どうしてなの、何かあったんでしょう、ちゃんと理由を言いなさい」
「何が悪かった。毎週一緒にデートまでして、もう決まりかと思ったんだぞ」
「お姉ちゃんだっていい人そうなこと言ってたじゃん」
「もう少し粘ってみたらどうですか、お義姉《ねえ》さん」

家族会議に森口までいるのは腑に落ちなかったけれど、とにかく私は頑に意を押し通した。どう頑張っても折れないし、今さら切れた縁はどうにもならないことを悟って、叱責も次第にトーンダウンしていく。

惜しかったなという気持ちがなくはないし、何年か後にやっぱり同じ所を逡巡しているだけだったら多少過去の自分を恨むかもしれないが、これまではどちらかといえば流されるがままの傾向にあった人生の中で、初めて自力で考えて立ち止まった瞬間だ。

だから、今はこれでよかった。きっと、よかった。

『たぶん……よかったよね』

強気の発言を繰り返す一方で、思い直すきっかけをくれた洋美とメールでやりとりをする中、無意識にそんな言葉が漏れてしまう。すると彼女からは『迷ってずるずる行かないで、自分で出した結論なんだから、もっと自信を持ちなさい』と返ってきた。ありがとう。洋美にはいつも励まされてばっかりだ。

前に洋美は「潤子がいてよかった」と言ってくれたけど、その台詞はそっくりそのまま返さなくちゃいけない。九年前、私の初デートの惚気話を聞いてくれたのも、やがて彼と会えなくなってあまりの喪失感に打ちのめされたとき、再び心から笑えるまで根気よく付き合ってくれたのも、すべて彼女だ。今度のことだって、私のことをいやというほど見てきた洋美だからこそ、指摘できたことなんだと思う。いつも恥ずかしくて口に出しては言えないけれど、感謝している。

様々なことが中途半端な今の私には、これが一番の選択だったと思う。負け惜しみや言い訳ではなく、もっと自分の今や将来を真剣に悩んでみよう。進むべき道は、絶対に見つかる。根拠のない自信が湧いてきた。

十一月二十日、ついに二十代最後の誕生日を迎えた。この日は会社が休みだったので、家族が家で私の誕生祝いをしてくれることになった。家族四人に加えて森口、さらにはお腹が少し目立ち始めてきた洋美まで訪ねてきてくれた。月初めには顔を合わせるたびに怖い顔をしていた両親も、今はすっかり諦めたらしい。ただし、相当な数の嫌みというおまけ付きで。

「もう二十九よ、二十九。あとは自力でどうにかしなさいね」

「もう父さんたちは世話しきれないからな」

「はいはい、分かってる」

「簡単に言うけど、鏡見てからものを言いなさいな」

いちいち言われなくたって、と言い返すが、家族からの容赦ない口撃はしばらく続いた。何よ、見合い前の状態に戻っただけで大差ないじゃない。

それにしても二十代最後の一年、どうやって過ごそうか。何ができるという訳ではないけれど、せめて昔の趣味のカメラをまた復活させようか。ファインダー越しにいろんなものを見たら、少しくらいいいものが見つかるかもしれない。

そんな私の思いをよそに、周囲はたたみかけてくる。洋服のブランドの包みを差し出しながら妹は、

「これ誕生日プレゼント。あと、縁結び神社で分けてもらったお守りもおまけね。頑張って、お姉ちゃん」

いちいち気に障ることばっかり言って。でもこの洋服は可愛いわね。まったく、センスだけはいいんだから。

「お義姉さん、僕も縁結び買ってきました！」

「ごめん潤子、私も……」

「失礼しちゃう、みんなして」

さらに、両親も「実は……」と言いながらそれぞれ別のところで求めてきたお守り袋を出してきたものだから、なんて酷い人たちなんだ！　もちろんすべて持ち歩く訳にもいかないので、自室にかけてあるコルクボードにピンで吊すことにした。もともと縁結びはカラフルなお守りが多いため、並んでいる姿は可愛くていいけれど複雑な心境だ。

さらに翌日会社へ行くと、なぜか皆が私の誕生日を覚えていて、次々に祝いの言葉をかけてくれた。

「せんぱぁい、お誕生日おめでとうございます」

まずマリアが包み紙を持って目の前に現れる。中身は可愛らしい化粧ポーチ。私の扱いがぞんざいで、今使っているものが傷みかけているのを知っていたのだ。

「やーん、可愛い！」

チェントル野黒さんは、朝から花屋に寄ってきたそうで、小さなブーケをくれた。

「関口さんに誕生日のことを聞いてね、おめでとう」

「ありがとうございます」

「先輩、三十歳マイナス一歳、おめでとうございます。はいこれ」

「僕も、はい」

杉山と神原さんが差し出してきたのは、開封済みで先頭の一個が欠けたのど飴と、ガムのスティックだ。聞いたのが今朝だったので、持ち合わせだという。

「あ、ありがとう」

他にも細々したものをもらったり、お祝いの言葉をかけられたり、今年の誕生日は何だか賑やかだった。三十路前の一年だから大事にしろという無言の圧力なのだろうか、そんなふうに勘ぐっていたら、帰りがけにマリアが言った言葉でハッとさせられた。

「先輩、元気出してくださいね」

どうやら一連の行動は、最近溜息が尽きなかった私を励ますためのものだったらしい。見合いのことを知っているのはマリアだけだったが、どんなに繕ってもテンションが下降気味なのを皆が気にしていた。見ていないようで、しっかり気にかけてくれていたんだ。

思えば私は、これまで本当にいい人たちと巡り合えているように思う。無理にも結婚させようとはしないで最終的に折れてくれた家族、さりげなくフォローしてくれる会社の上司や同僚、洋美だって、濱村さんだってそう。ほとんどの人がこの二十九年の人生の糧であり支えになってきた。教訓という意味なら、クワ公とキナコもその範疇かもしれないけれど……。

そしてもちろん、樋田圭介という人も。

こんなに長い月日を経ても私を惑わせる、憎らしい人。

＊＊＊

誕生日が十一月二十日というのは、なかなか覚えてもらえない。

他の月では、友人が祝ってくれたり、サークル内で当月誕生日の人たちを主賓に飲み会が企画されたりするのに、今月だけは特にダメだ。月も日も二桁というのは理由の一つだけれど、最大の要因は毎年その日が大学祭の開催期間に被ってしまうから。学祭は二十三日の勤労感謝の日周辺を目安にして、土日を含め四日間行われる。さらにその前後一日二日を入れた一週間、学校は完全な休講扱い。そうするとその間に会うのはほとんど部活の人だし、サークルはサークルで準備や本祭の慌ただしさに追われてしまい、誕生日会どころの話ではない。

ま、大学生になってまで祝ってもらうのは気が引けるけど。もう年だし、一つ老けたのを祝われても、ね。

今年の二十日は準備日にあたり、ハタチになったことを自分が忘れてしまいそうなくらい早朝から忙しかった。アート・クラブ３０４では広めの教室を二対一くらいに区切って、一方で喫茶、もう一方で雑貨・作品の展示・販売をするのが伝統になっている。喫茶のほうは机と椅子を並べ、さらに窓・壁・廊下外装と飾り付けもしなければいけないし、販売のほうでは数を用意するために直前までビーズアクセサリーや小物などの製作を続けている。美術団体であるという自負から、毎年装飾の造形も凝っていて準備が大変だ。

喫茶の「店内」でも、部員の作品をインテリアとして展示する。私は販売に耐え得るだけの作品は作れないので、専ら装飾作業のために出たり入ったりしていた。その間、圭さんは喫茶室の窓際でキャンバスに色を付けていた。何度目かのときに手が空いて、彼の斜め後ろに立ってみる。ほとんど絵は完成して最後の仕上げに入っていた。描かれているのはいつかスケッチブックの中で見た、しだれ桜の並木道。鮮やかな色が付いていて、見ているだけで思わず顔がほころんでしまう。

「綺麗ですね」

圭さんは振り返らず、筆を動かしながら応えた。

「秋に桜じゃ季節感ないけど」

「いいんじゃないですか、私この絵好きですよ」

「そう、よかった」

少しの間、キャンバスと彼を背後から見つめる。圭さんに私の存在を気にする様子はない。筆が動くたび、手首が舞踊のように美しくしなって、細かいところに集中すると袖まくりした腕に筋が入った。いつもは丸っこい背が、キャンバスに向かうときだけはすっと伸びている。一筆一筆、色が乗せられ、絵は重厚さを増していった。

そんな中、ふとキャンバスから彼の背に目を移したとき、その側頭部に違和感を感じた。気付かれないようにじっと見つめる。

あれは、術痕……？　上半円でカーブして入っている、少し長めの縫合痕。古いものらしく、ぱっと見、頭皮に混じって分かりにくいが、そこそこ大がかりな手術を想像させる傷痕だ。小さい頃にぶつけて切ったのだろうか。無論それがどうしたということはない。ただ、それに気付いた瞬間、何か見てはいけないものを見てしまった感じがして、思わず目を逸らしてしまった。

さて、朝の八時くらいから行っていた作業は十二時過ぎに昼休み休憩となる。学園祭期間中、学食は休みで、大学近くの牛丼屋やファストフードでかっ込んでくる人、学校の生協やコンビニで買ったものを校舎に持ってきて食べる人など、それぞれ好きに昼食を済ませている。私と洋美は学校の生協でおにぎりを購入し、教室の入り口付近にあった教壇に腰をかけた。

そこへ、同じく昼食の買い出しを終えた圭さんや他の四年生が帰ってくる。私たちの前を通り抜ける際、彼はこちらを振り向いて「ん」と私へ白いものを差し出した。弁当の入った袋とは別の、小さなコンビニ袋だ。

中には高さ十五センチくらいの食玩の箱が一つ入っていた。食玩というのは、お菓子におまけのおもちゃや人形が付いている、要はグリコキャラメルみたいな商品のこと。最近はおもちゃのほうが大きいから、お菓子がおまけみたいになっているものも多い。

「開けても？」

「どうぞ」

出てきたのは、チェーンの付いた不細工なクマのぬいぐるみだった。全体的に脱力して伸びた体型、けだるそうな表情をしている。最近、巷の女子中高生には不細工キャラのシリーズが人気だというのをテレビでやっていたが、おそらくこれのことだろう。可愛くないけれど憎めない顔だ。しかし、やはり変な顔をしているのに変わりないし、何よりこういう人形を圭さんが持ってきたということが面白くて、つい吹き出してしまった。

「あはは、何これ」

「今日、誕生日なんでしょ」

「え――」

まさか、覚えていてくれてたの？

「プレゼント……」

言い終わるか終わらないかのうちに、圭さんは一つ頷く。どうしよう、飛び跳ねたくなるくらい嬉しい。

「ありがとうございます！」

思わず気が緩んで、満面の笑みで返してしまった。さすがに、はしゃぎすぎたかしら。圭さんも「そこまで喜ぶか」と少しびっくりした顔をしていた。

彼が立ち去ると、それまで隣にいながら見ないふりをしていた洋美が肩を叩いてくる。

「何よ、今のは！　めっちゃいい感じじゃん」

「えへへ」

しかし彼女は、私が両手でなで回す可愛くないクマを見て、眉をひそめた。

「プレゼントって、これ？」

「うんっ」

その日は一日、どんなに面倒な仕事も上機嫌で引き受けた。少しのことでテンションが上がるんだから、私って本当に単純だな、と思う。

そして翌日から四日連続、私たちは来場者の応対に追われた。部員はシフト制で喫茶と販売に配置され、初日は喫茶担当。しかも偶然に圭さんと一緒の時間帯だった。

喫茶ではサイフォンで煮出した本格的なコーヒーを出す。作っているところもわざと見えるように手作りのカウンターを設置して、その中で数人が注文を受けてコーヒーを淹れ、ホール係が客の待つテーブルへ持っていく、という案配だ。コーヒーの他、紅茶やジュース、パウンドケーキにマドレーヌなどの菓子類も出した。客席の合間に作品やインテリアが並んでいて、さながらお洒落なギャラリーカフェ、という様相。

飲食物の準備は慣れている上級生が中心になり、下級生がホール係として忙しく動き回る。四年生の圭さんもカウンターの中でコーヒーを淹れていた。

「これ持ってって」

「はい」

「こぼすなよ」

「分かってますよーだ」

彼の入れたコーヒーを盆に乗せて客の元へ運んだ。受け渡しの様子を見ていた、同じくホール係の洋美が冷やかしてくる。

「おやおやぁ、こりゃ『解決』するのも近いかな？」

「やめてよ、そんなんじゃないってば」

洋美の言葉に頬が熱くなった。今もし圭さんに見られたらどうするのよ、なんて慌てながら、それでもまんざらでもなかったと思う。この頃は彼と過ごす何もかもが楽しくて、ふとした気遣いから今の彼と私の距離を測ってみては幸せな気分に浸っていた。

ただ——不安なことがまったくないわけではない。それは彼が私をどう思っているか、他に好きな人がいるかなんていう、単純なことではなかった。

彼が時々、皆に隠れて薬を飲んでいることを知っていた。この学祭中にも人の出払った控えブースで一人、錠剤を口に入れていた。プラスチックの錠剤ケースから慣れた手つきで出しているところを見ると、どうやら風邪などではなく日常的に持ち歩いているものらしい。他の人が指摘するのを聞いたことがないから、誰も気付いていないだろう。

私は未だに「どこか悪いの」と、聞くことができないでいる。薬を飲むため口を開け、宙を仰ぐその顔が一瞬苦しそうに歪むからだ。普段の彼とは違う、冷たく張りつめた空気が流れていて、言葉をかけることもためらわれる。

うわべだけでは計り知れない深い闇がその瞳に宿っているような気がして、不安は拭っても拭っても消えることがない。目線の先で追うことが楽しみだったはずなのに、いつからか、私はそこにわずかなせつなさを感じていた。

四日間の多忙な日々が終わり、最終日は閉場後、渋谷の居酒屋で打ち上げが行われた。洋美が気を利かせて席を外し、私はずっと圭さんと一緒にいることができた。

この日は卒業生も多く顔を見せたが、何代か前の人になるとほとんど判別が付かない。そして飲み会も終わって店を出て、解散の号令もなく渋谷の駅前まで流れてきたとき、私と圭さんは他の人たちからはぐれてしまった。遠くに何人か見知った人の姿が垣間見えたが、おそらく三々五々帰るか、二次会に向かおうとしているようだ。

「ま、いっか」

彼が言う。

「帰りますか」

私が答える。

特に何の申し合わせもなく、私たちは山手線の品川方面に乗り、いつぞやのようにわざと乗り過ごして東京駅で降りた。またベンチに座ってしばらく過ごす。会話はそれほど多くなかったけれど、どちらも先を急いで帰ろうという雰囲気はない。夏と違って触れるのは分厚いジャケット、それでも温かさは伝わってくるようだった。

「どうでした、最後の学祭は」

「楽しかったよ。四年間で一番だったかも」

「ホントですか？」

「コーヒーうまく淹れられるようになったし、お客さんもいっぱい来たし」

「売り上げも、ここ十年で一番だったって部長が言ってましたもんね」

「有終の美だなぁ」

嬉しそうに笑う圭さんは、お酒で少し顔が赤くなっていた。

「来年は……」

言葉に詰まって彼を見る。来年、この人はもういないんだ。今はこうして寄り添っていられる私たち、一年後にはどうなってしまうの。私が好意を持っていること、少なくとも嫌いではないことを、もう分かっているでしょう？　卒業して仕事に就いて、そうしたら簡単には会えなくなりますね。

私の気持ちを知ってか知らずか、彼は言った。

「一日くらいは手伝いに行くよ」

見送りで彼もコンコースまで一緒に下りてきて、東海道線ホームの階段下で「おやすみなさい」の言葉とともに別れる。階段を上りかけて、もう少しだけ彼の後ろ姿を見ていたくなった。彼がこちらを見ていたらいいのに、なんてわずかな期待を抱きながら振り向いた。

「――あ」

ちょうど彼もこちらを振り返ったところだった。願い通りになっているのに気恥ずかしく、私は頬を赤らめる。彼は微笑んで手を振った。私も、同じようにして返す。そして今度こそ彼はもと来た道をいった。

振っていた右手を、ゆっくり握って下ろし、私も階段のほうを向き直す。酔って段を踏み外さないよう、一歩一歩、慎重に。

ずっとこの関係が続いたらいい。今のまま、時を止めてしまいたい。でも、常に漠然とした不安が横切っていく。好きになればなるほど、嬉しくて幸せで、そして何かが寂しかった。

私はあの人の、本当はどれだけ近くにいるのだろう。家族構成、郷里の風景、実家で飼っているペットの名、好物、苦手なもの、本当は繊細な感受性と、その手の大きさ、握力の強さ、肩のぬくもり。単に人より多く近くにいるからといって、それは本当に彼を知っていることになるのだろうか。物理的遠近は、心の距離に比例しない。私がここで一歩踏み込むことのできない現実のように、私とあの人の距離はどこか遠い。あえて聞かないことが、近き者の思いやりとでも言うのだろうか。否、それでも放っておけないのが、無二の存在なのではないか。

望まない未来が来るのではないかと不安になる。それが嫌だから、私はきっと聞けない。

＊＊＊

右手にカバン、それに入りきらず紙袋に入れた皆からの祝いの品を左手にぶら下げて、駅からの道をぷらぷらと歩いた。風が冷たくなってきて、今日はこの冬初めてのマフラーを巻いている。

「卒業しても手伝いに行く」と言いながら、彼と過ごした大学祭は結局あの一回きりだった。あのとき、尋ねることもできず悶々としていた悩み。その答えを知るときが、皮肉にも彼と私の別れになることを、当時の私が知るよしもない。私たちはどこで道を違えてしまったのだろう。もう少しだけでいいから、ともに歩いていたかった。もっと素直にぶつかっていけばよかったのだろうか。しかし、彼に近付けば近付くほど、簡単には体当たりできなくなっていた。

あれ以来、私はあらゆることにおいて、どこか自分に自信が持てなくなった。焦りや後悔、自分の価値、他人からの評価。そんな目に見えないものたちを勝手に恐れて逃げ回って、これまで判断を鈍らせていたのかもしれない。

背筋を伸ばしてみる。一歩、前に踏み出せた気がした。

極月

十二月は苦手だ。

「あー忙しいね、忙しいよ」

朝から課長はことあるごとにその言葉を繰り返している。別に決算があるわけでもないのに、意味もなく慌ただしい雰囲気だけが蔓延していた。日照時間も一年で一番短いというし、どんなに早く帰れても家に着く頃には暗くなっている。次第に寒さが増してくるし、朝起きるのもしんどい。今朝は運悪くエレベーターホールでクワ公とキナコに遭遇してしまった。二人して、人のことを上から下までなめ回すような視線を向けてきて、背筋が震えた。せっかく上昇志向になってきたというのに、これでは逆戻りだ。

帰りがけ、マリアのショッピングに付き合った。どこもかしこもクリスマスや新年に向けて、綺麗なイルミネーションや装飾が施されている。世の中が浮き足立つ十二月。しかし私は、この月があまり好きではない。クリスマスにここ数年連続で仕事が入っているのも一因だけれど、十二月はどこか人を追い込ませるようなところがある。まるで自分一人が忙しいかのように思い込んで、他人を顧みなくなる。目の前に押し迫ってくるものだけが世界のすべてで、目は開いているのに瞳はそれだけに覆われ、他のものを見る余裕がない。どこまでも自己中心的に流れていくきらいがあり、だから、毎年十二月が来るたび、早く過ぎてくれないかなと思う。

九年前も、例に漏れずあまりいい月ではなかった。

＊＊＊

大学祭が終わり、代替わり後の役職について話し合う会議があった。そこで私は思いがけず、次年度の学祭担当責任者に抜擢されてしまう。自分でも驚いたが、部活に愛着の湧いてきた頃だったし、完璧にこなしてみせようという奇妙なやる気も湧いていた。圭さんとの関係がかなり打ち解け合う仲になったと思っていたので、そういうことも裏では拍車をかけ、私は調子に乗っていたのだ。

そんな私のやる気とは裏腹に、圭さんとはこの月ほとんどまともな会話ができなかった。部室に来ることは来るが、いつも難しそうな顔をしている。大学祭担当に決まった話をしても、半分うわの空だ。得意の絵も描いてくれない。何かが私を焦らせた。

先月の学祭期間に感じていた、幸福と不安の矛盾。それが十二月になると後者はより一層、力を増して頭の中を支配していた。それらを払拭することができない自身への腹立たしさは、どうしても自力で処理しきれず、酷いことに他人へぶつける怒りに変わってしまった。

「圭さんって、何考えてるか分からない」

自分の空回りでやり取りがぎくしゃくしていくうちに、何かのタイミングで放った暴言。この月に交わした中で、唯一覚えている私の台詞だ。言ってしまってすぐに後悔した。彼の表情はぴくりとも動かず、彼について何も知らなかった頃の無愛想な顔になっていた。その場で訂正していたらよかったのかもしれないけれど、それすら私は強がってしまってできない。そのまま部屋を飛び出してしまった。

人が何を考えてるかなんて、他人に分かるはずがない。本当に、何を言ってるんだろう。私はそこまで束縛する女だったのか、厚かましすぎて短絡的すぎて、情けなくなる。どんななりゆきだったとしても、自分の中のもやもやを、詰まるところ八つ当たりしたことに変わりない。

謝らなくちゃ、と思った。早く会って一言謝ろう。許してくれるまで謝ろう――なのに、そういうときに限って、私たちは顔を合わせることができなかった。

数日後、講義が終わって校舎から出ると人混みの中に友人と歩く彼の姿を見つけた。

「あ、圭さ……」

声が雑踏のざわめきにかき消される。彼は振り返らない。聞こえなかっただけだと思うが、ちょっと前なら「こっち向いてくれないかな」と思うだけで目が合ったのに、今はそんなテレパシーのような偶然も起きなくなった。

空き時間はなるべく部室を覗いてみるものの、「さっき出ていったよ」と言われること数度。会いたいけれど、会えない。どうして？　意識的に避けられているのかな。疑心暗鬼になりすぎて、自分の心に押し潰されてしまいそう。

忙しいと思っているのは私だけじゃなかったのに、大役を任じられたことで変な自負ができてしまっていた。ちょっとくらい話を聞いてくれたっていいのに、というわがままを押し通そうとする。彼が本当はその頃、卒業論文のために寝る間も惜しみ準備に取り組んでいたことに、まったく気付けていなかった。

そして、彼に会うことなく冬休みを迎えた。やり残したことを完遂できないまま過ぎ、自分のふがいなさを悟った十二月。苦い思い出の日々ばかりだから、私はこの月があまり好きじゃない。

＊＊＊

ショーウィンドーに映る憂鬱そうな自分の顔を見ていたら、苦い思い出が甦った。

店は年末セール真っただ中で、客にはカップルも多い。

「嫌ですね、これ見よがしで」

鏡越しの彼らに向かって、ニットを体に当てながら、マリアはぶつぶつ文句を言った。

「私も結婚してたら、今頃フランス行きの準備してたのかな」

「そうですよ、先輩がお見合い断らなかったら、私もヒルズ族と合コンできたのに」

「やだ、そんなこと期待してたの」

「冗談ですって。それより、本当によかったんですか、お見合い断っちゃって」

「うん、いいの」

妙に明るく返す私に、マリアは腑に落ちない感じで「ふーん」と答えた。

もう「これでよかったか」「大丈夫か」なんて迷わないことにした。いっぱい悩んで決めたなら、どんなに厳しくても決して間違った道ではないと思うから。

「あー、いいなあの子。あんなに彼氏に買わせてる」

「……確かに」

ちょっと大人ぶったことを言っておきながら、すれ違うカップルごとに敵意むき出し。まだまだ成長したと言うには早いようだ。

やっぱり、十二月は好きになれないわ。

何割引の値札か確かめるためにタグをひっくり返しながら、そんな強がりを心の中で呟いた。

睦月

いろいろあった一年が過ぎて、新しい年になった。

会社は三が日までが正月休みだけれど、寒いからと言ってほとんど外に出ない。年を重ねると、新春バーゲンよりコタツにみかんのほうが癒される。そう言ったら、「あんたのぐうたらは昔からよ」と母に呆れられた。そういえば初売り福袋とか、並んで買ったことなんてなかったわ。

正月二日、妹は森口氏と二人で初詣に出かけた。父は連日一人で晩酌していたせいで二日酔い、昼になっても起きてこない。コタツの置かれた居間からは、母が台所で洗いものをしているのが見えた。私はもちろんどこへ行こうという気もないから、家の真ん中でどてらを着込み丸くなっている。そして、先月慌てて買った新しい手帳に今年の予定を書き入れた。

あらかた主要なことは書き終えて、改めて一月のページを開く。はぁ、と力なく溜息をついた。また一つ、過去の記憶が甦る。いや、甦るというよりも、よく覚えていたなと感心した、と言うほうが正しいか。

キャップをしたペン先で、十六日の数字の回りをぐるぐるなぞってみる。そうだ、昔もこんなふうに正月のこたつで同じ数字を見つめていた。九年前、この日は私にとって一年の中で最も待ちこがれ、心躍る日であった。

一月十六日、それは樋田圭介の誕生日。

今や伝えることも、誰に明かすこともできないこの気持ち。分かっているけれど、せつない。あぁ、やっぱりあのとき、「好き」と一言言っておくのだった。心の奥底にこんなに長い間閉じ込めていたのに、今でも思い出すと涙が出そう。

どてらの背中をさらに丸めて、私はコタツの天板に額を擦り付けた。

＊＊＊

新年になっても、まったく気分が冴えない。

圭さんのいない部室で、いつ来るか今日来るかと一人で待っている。一月に入ったら、彼は部室に来なくなった。誰かに「卒論締切間近だからね」と言われて、初めて彼が年末、私以上に切羽詰まっていたことを知り、余計にへこんだ。早く会いたい。このままでは一月の授業が終わって、月末の期末考査期間を経て二月になれば、大学は春休みに入ってしまう。そうしたらもう、三月の卒業式後、追い出し会くらいしか会う機会がない。二カ月も待っていられない。五分でいいから会って話をしたいのに。

部室の机に文鎮のように重い頭を置いて、ひたすら溜息をついた。ドアが開くたび、番犬の如く跳ね上がって反応しては、彼でないことを確認してうなだれる。その繰り返しだった。

「経済学部の卒論提出？　十四日だけど、それがどうかしたの」

「いえ、別に、ちょっと気になっただけで。ありがとうございます」

学校が始まった週の金曜日、圭さんの友だちである同じ経済学部の先輩に遭遇した。さすがに圭さんが元気かどうか尋ねるのは気が引けたので、提出日を聞いて自分なりに予想を立てる。もろもろのことから解放されるのがその日なら、成人式で休日の十五日を挟んだ翌十六日は、気が向いて学校に来るかもしれない。十六日——いつも部室でともに過ごした木曜日、そして、彼の誕生日。会えるか会えないかは別にしても、その翌週には期末考査期間に入る。私はその日に最後の期待をかけることにした。

本来成人式を迎える私だけれど、地元の付き合いもだいぶなくなってしまい、式典も巨大な会場を使うので行ってもつまらないと聞いている。両親とも春休みに写真だけ撮ろうと言っていて、予定がなくて助かった。

十五日はとにかく家で大人しく過ごし、早めに就寝した。

明日はきっと、会えるはず。

一縷の望みを抱いて、部室の前に立つ。洋美に付き合ってもらって一緒に選んだ、誕生日プレゼントの袋を右手にぶら下げて。会えたら、謝るついでに渡してしまおう。会えなかったら……お父さんにでもあげよう。

ドアノブに手をかけ、「いてくれますように！」と強く願かけしてから、扉を押し開けた。

「こ、コンニチハ」

「ああ、どうも」

ようやく、願いが通じた。圭さんはいつもの席に座って、スケッチブックを開いている。いつもの圭さんだ。しかし、久しぶりで恥ずかしいという気持ちが先に出てしまって、何を話したらいいのか分からない。ぎゅっと握った右手が、心なしか少し震えていた。

「入らないの？」

「あ、はい」

彼がここにいるというだけで感激して、ドアを開けたまま呆けていた。カチンコチンになった四肢を引きずり彼の向かいに座る。目の前にいる彼が奇跡に見え、眩しすぎて直視できない。

卒論があって、と彼は言った。最近来られなくてごめん、ということらしい。謝ろうと思ったのは私のほうなのに、先を越されてしまった。大いに心構えしてどんなふうに謝るかまで考えてきたはずなのに、情けないことに何も言い出せずしどろもどろ。そんな私を差し置いて、彼は話せなかった一カ月分の話題を一方的に話しかけてきた。一区切りしたところで、ようやく私が言えたのは「お誕生日おめでとうございます」の一言だった。

「ありがとう」

論文という大仕事を終えたことも相まって、彼はいつも以上に笑っている。

「あの、これ」

「ん？」

「私のとき、もらったでしょ、だから」

ぶつ切りの説明でちゃんと伝わっているんだろうか。冷汗を多量に流しながら差し出した小さな包みを、圭さんはすぐに受け取ってくれた。そしてリボンやテープを丁寧に剝がして箱を開く。

「おー、ネクタイピンだ」

デパートの紳士服売り場を歩き回って見つけた。ブラックシルバーの土台に、小さなブルーストーンの細工が付いている。あまり高すぎても引かれてしまうし、値段はあまり高くないけれど、安物には見えないものを選んだ。

「就職祝いも兼ねてってことで。よかったら使ってください」

「カッコいいね。絶対使うよ。でも悪いな、僕は大したものあげてなくて」

絶対使う、その言葉だけで十分嬉しい。ああどうしよう、本人を目の前にして、ちょっとでも油断すると涙腺が緩んでしまいそうだ。

ピンを箱から出して眺めていた圭さんは突然、私の名を口にした。

「潤子さん」

「は、はい」

潤子さん——今、私のこと名前で呼びましたか。それとも私の耳がおかしくなった？

混乱している頭に、間髪容れず彼はこう切り出した。

「よかったら、熱海に行かない？　日帰りで」

「熱海って、静岡の」

「そう」

梅を見に行こうよ、と圭さん。温泉に梅林、なんだか年寄りくさくないですかと私が答えると、彼は笑った。

「違う違う、『紅白梅図屛風』のこと」

いくら美術が苦手の私でも、その名前は聞いたことがある。「尾形光琳」だ、確か。受験の日本史で覚えた。

「熱海の美術館にその屛風があるんだけど」

国宝にもなっているその作品は、年に一度、主に二月期のみ特別公開しているそうだ。せっかくだから一度は見たほうがいいと勧められた。

断る理由はない。圭さんに誘われるなら、どこだって構わなかった。

「新幹線とか特急電車もあるけど、ケチって鈍行でいいかな」

「はい」

「いつでもいいの?」

「はい」

「じゃあ、二月の上旬で。近くなったら電話する」

「はい」

「テスト頑張ってね」

「はいっ」

何を言われてもにこにこして、馬鹿の一つ覚えで肯定の答えばかり繰り返す。

彼に嫌われたのではなかった。ただ、お互い忙しさにかまけ思いやることを忘れてしまっただけ——それが分かると少し前までの弱気な姿勢はどこ吹く風、自分でも不思議なくらい、胸のつかえは消えていた。

一月後の約束まで、また「欠乏症」などと言い出さないように、圭さんの姿を両眼に焼き付ける。二十二歳になったばかりの彼を、私は改めて好きになった。

＊＊＊

この日を面と向かって祝ったのは、たった一度だけ。本当は次の年も、その次の年も、おめでとうと言いたかったのにな。

迷った末、視界に入る母の動向を気にしながら、十六日の欄の右下隅に、赤ペンで小さく猫のマークを描いてみた。これくらい、誰にも見られないなら構わないだろう。

二つ年上の彼は、もうすぐ三十一歳になるのね。初めて会ったときまだハタチだった彼が三十一になる頃なんて、想像してた？　自分だって二十九になっている二〇〇《イマ》六年を。

そうやってぼーっとしていたら、洋美から電話がかかってきた。

『あけおめー。携帯だと電話代かさむから、家電にしちゃった。元気してる？』

「おめでとう。まぁぼちぼちね」

話を聞いていると、新年挨拶にかこつけて愚痴をこぼしたかったらしい。話は自然とその方向に流れた。

年末はおせち作りで近所にある夫の実家へ出向いたという。お義母《かあ》さんが元気すぎて困る、しかもおせちは三日もかけたのにお義父《とう》さんと旦那は黙々と食べて寝ているだけで面白くない、云々。嫁姑の争いとは無縁みたいだから、端から見れば随分平和そうな話に聞こえるけれど。

『あと最近、旦那は馬鹿じゃないかと思えてきて』

「どうして」

『来月、地方で講演会に来てくれって頼まれたんだけど、行き先どこだと思う？　秋田よ、秋田。この真冬に雪だらけのところに行くなんて、ただでさえ寒がりなのに、ホントお馬鹿さんよね』

「無理して風邪なんかひいたらどうしよう」と心配までし始めたから、いい加減のろけ話も終わらせてやろうと思ったときだった。

『秋田っていえば稲庭うどんにきりたんぽしか思い浮かばな……あ、そういえば桜が有名なとこあったよね、ほら、何て言ったけ、この前ＣＭしてたんだよ』

ドキ、として、少し呼吸が乱れそうになった。きっと、あの街だ。

『えっとね、うーん……最近物忘れ激しいな。さっきまで覚えてたのに何だったたっけ……』

「……角館？」

『そう、それ！　よく知ってるねぇ』

地名一つ当てただけでこんなに汗を掻くなんて。私は思わずどてらを脱いだ。

『次の旅行は東北桜巡りなんていいわねぇ』

「あんた、四月は出産予定日でしょうが」

電話の向こうで残念そうな声。子育てでしばらく身動きが取りづらくなることを考慮に入れていなかった、なんて洋美は冗談を言った。

話を終えて受話器を置く。大きく溜息一つ。

きっと洋美は、角館が圭さんの故郷である話など、とうの昔に忘れていたのだろう。さきほどの会話、どうしてすぐに角館と言えなかったんだろう。よく知ってるねと誉められて、「だって昔好きだった樋田氏の故郷だもの」と明るく笑い飛ばせなかった。あわよくば、知らないふりで通したかった。

理由は自ずと分かっている。意識するから、余計に遠ざけようとするんだ。

「ああ、そうだ」

月が明けたら熱海へ行こう。まずは梅を、見るために。

如月

——期末考査明けのごほうびのような気分だった。しかも今度は東京じゃない。もっと遠く、往復で三時間もかかる。熱海だなんて、今どきの学生のデートコースにはまず入らないだろう。私たちらしくて、いいけどね。

待ち合わせは九時半くらいに横浜に着く東海道線の車中。事前に何両目に乗ると申し合わせてある。あの日は、乗り込んで見渡すと連結部近くのボックス席で彼が手を振ってくれた。ここだよ、と。

今日は誰もいない席が私を出迎える。一人で座る座席は少し固かった。

——窓際に二人向き合って、私は穴の開くほど圭さんを見つめる。彼は片腕を窓際の縁に押しあて目を細め、窓の外を見ていた。その横顔に当たる冬の朝日は不思議と柔らかく感じる。その目には何が映っているの？　幼すぎる私には、見えないものなのかな。

大船駅を過ぎた辺りから、車窓には緑の風景が溢れ出した。足元から吹き出す暖房に火照らされて次第に眠くなる。あのときは向かいに圭さんがいて、私はその姿を一分でも一秒でも長く見ていたかったから、瞼が重いと感じることなんてなかったけれど、今は違う。

一人では思い出があまりに大きくて、起きているには辛すぎた。

途中駅の車両切り離しを経て、トータル一時間半ほどで熱海駅に到着する。薄暗い改札口、少し錆びついた構内の柱、駅前ロータリーに連なるタクシー群。雰囲気はほとんど九年前と同じだ。

タクシー乗り場の隣で美術館行きのバスを待つ。少しすると横に赤い線の入った昔ながらの路線バスがやって来た。階段の段差が高く、前の座席との間は狭い。窓ガラスに貼られた宣伝のシールは縁が汚れていて、座席カバーも日焼けしてしまっている。これも昔と変わっていない。背の高い圭さんはこれに乗って、ちょっと窮屈そうにしていたっけ。

目的地、MOA美術館は、駅から十分くらいの山の斜面に這うようにして建っている。そこに着くまで、ひっくり返るんじゃないかと思うくらいの急勾配を登った。曲がり角に差し掛かるたび、遠心力で隣に座る圭さんと押し合いになっていたことを思い出す。バスの終点でもある美術館の敷地内に到着すると、まるで森の中にトンネルを開けたような、緑に埋もれたエントランスが待ち受けていた。

『大学生二枚』

当時は、圭さんがまとめて買ってくれるのを、離れたところで待っていた。代金を支払おうとしたら、彼は「いいよ」とチケットだけ私に押しつけ先に中へ入っていく。

「大人一枚お願いします」

大人料金は大学生の二倍だから、今日は私があのときの「二人分」を払ったような気分になる。

館内は入り口から展示室手前のメインロビーまで、延々と長いエスカレーターを乗り継ぐ構造になっていた。初めてそれを見たときは、あまりの長さに度肝を抜かれた。一機で二階分くらいの高さを繋いでいるエスカレーターが一、二、三と何本も続いていて、内装デザインも相当凝った造りになっている。展示室とエントランスの高低差は六十メートルもあるという。

ＭＯＡ美術館は、かつて実業家だった人のコレクションが元になっている。

『電気代も馬鹿にならないね』

お金持ちさんの考えることは突拍子もないな、と圭さんは高い天井を見上げて冗談を言った。そして、私たちは直線に伸びるエスカレーターを前に記念写真を撮り合った。

その写真はどこへ行ったかしら。きっとまだどこかに残っているはずだけど。

ようやく登り終えた先はロビー兼展望室になっていて、熱海の海を一望することができる。晴れ渡る空、眼下に広がる相模灘。二人並んで手すりにもたれ、圭さんの故郷は内陸だから中学に上がるまで海を見たことがなかったというのを、私がからかって笑った。

間もなく、お目当ての「紅白梅図屏風」にたどり着く。館内はいくつかの部屋に区切られていて、屏風部屋にはこの一点しか置かれていない。年間一カ月の公開のために、特別に設置された展示室だ。

暗く落とされた室内照明の中、黄金色の世界が浮かび上がる。

金地著色《ちゃくしょく》の二曲一双屏風には、右に紅梅、左に白梅、中央では二双にまたがる潤み色の水流が描かれていた。背景は全面金一色、微妙な色の濃淡でごつごつしたコブが梅の幹に浮き上がり、枝は力強く伸びて完全に画面を飛び出している。水流は横楕円の渦を巻いて、近寄ってみれば実際の色は黒に近い群青のようだった。今まで学校の資料集など、小さな写真でしか見たことのないものを実際に目の前にすると、その迫力に圧倒される。長きにわたって伝え残され、評価されてきただけのことはある、そう思った。

絵と向かい合う壁には作りつけの腰かけがあって、すでに先客がいたが、場所を少し譲ってもらってちょこんと腰を下ろした。ここからじっと見つめていると、屏風の風景はまるで映画館の巨大スクリーンのようにこちらへ迫ってくる錯覚に陥る。

九年前に来たときも、こうして二人でしばらくじっと眺めていた。左上から大きく垂れ下がって、さらに枝先は再び上を向き直す白梅。反対に大きくしなりながらも、上に伸びることとしか知らず、天を目指す紅梅。同じ梅でもまったく違う、両者を決定的に隔てる底の見えない川は、その深さも速さも推し量ることはできない。対岸の相手が見えていながら手の届かないもどかしさと、そこに根を張ってしまったがために動くことのできない現実、たとえ動けたとしても渡りきれるか分からぬ群青の大河――今になって思えば、これは彼と私を象徴する絵だったのかもしれない。

『金銀箔押しらしいけどさ、こういうゴージャスなもの最初に作り始めた金持ちって一体何考えてたんだろうね』

彼はいたずらっぽく笑い、私は「せっかく感動してるのに、なんて不謹慎な」と口をとがらせた。

とにかく楽しくて幸せで、時間はあっという間に過ぎていた。

他の展示室もひと通り見終わり、再び長いエスカレーターを通ってエントランスに戻ってくる。バスに乗り、熱海駅前へ。

タラップを降りてロータリーを見回すと、駅の向かいに商店街が見えた。確か前は、その道を入ったところにある定食屋で食事を済ませてから、ゆるやかな傾斜の続く通りを抜けて、さらに下った先にある海を見に行った。お腹もすいたし時間は十分にある。当時と同じ定食屋に入り、今回も同じように腹ごしらえをして、昔歩いた道の記憶をたどった。

二月の海はどこかよそよそしい。海岸を歩く人がほとんどいないのに加え、水面に反射する光が目に入るたび、痛くて目を細めてしまう。それでもあの日、私の隣には彼がいた。寄せてくる波を蹴って遊ぶ彼の表情は少年そのもので、私はその姿をカメラに収めた。

だけど今日は、砂浜より手前の防波堤から、思い出の浜に波が寄せては返すのを遠くから眺めているのがやっと。降り立ったら最後、それらに吸い込まれてしまうんじゃないかと不安になるくらい、今日は海の色が深い。

帰ろうか。寒くて風邪をひいてしまいそうだ。かじかむ手を包んでくれる大きな手も、凍りかけた頬に触れてくれる指先も、今はもうないのだから。

＊＊＊

浜辺に腰を下ろし、早くも傾きかける太陽を見上げて話は弾んだ。

「ここって、前も来たんですよね」

「一年のときね。上京したら絶対見ようと思ってたから」

でもさすがに一人では海まで来なかったな、と彼は付け加える。つまり他人と一緒に来るのは私が初めてってことか。しまった、口元が緩みそうだ。

それにしても、二月というのはさすがに冷える。熱海は暖かいところだと思っていたからあまり着込んでこなかったのだが、逆に海風が強くて芯から冷えてしまった。

それでも、すぐに帰るなんて言われたら寂しかったし、圭さんの話ももっと聞いていたかったから、少し無理をしてしまった。

しばらくして圭さんは、私が必死にコートの袖口を引っ張り手を隠しているのに気が付いた。

「寒いんじゃない？　もしかして」

違う、と否定する唇が不覚にもカタカタ震えて声が出ない。彼は私の手を掴んだ。

「やっぱりそうだ」

温かい。血が止まってしまいそうだった私の手は、彼の体温でみるみる溶けていく。

圭さんは反対の手も取ってさらに温めてくれた。

「ごめん、僕は寒いの慣れてるから気付かなかった。平気?」

うんと一つ頷くと、圭さんは言った。

「戻ろうか」

本当はそれを言ってほしくないから我慢していたのにな。仕方ないやと思ってもう一度頷いたら、彼は「温かいものでも飲みに行こう」と続けた。

立ち上がってお尻に付いた砂をはたいていると、圭さんは右手を差し出す。

「ん」

「何?」

「両手は無理だけど片手くらいなら」

ああ、そういうこと。まだ感覚の鈍い手を握ってくれるんだ。私はその手に左手を置いた。渋谷の交差点を走った夏を思い出す。今度はあのときみたいに、急いで走り出さないでね。

ずっと手を繋いでいたかった。今は駅に着いたら離れてしまうこの手と、一年後も十年後も一緒にいられますように。

帰りの電車は行きと違って横がけの椅子で、足元から暖房の温風が勢いよく吹き出し、二人の眠気を誘った。ただし私は眠りが浅くて、一駅止まるごとに振動で目が覚めてしまう。そのたびに隣の圭さんを確認した。彼は寝息を立てていたり同じく意識が戻っていたり、いずれにせよ二人とも半分寝惚けていて、言葉を交わすことはなかった。

藤沢駅を出た辺りから完全に目が開いて、一人で考えごとをして過ごす。

ふいに満開の桜の木の下で、圭さんと小さな男の子の遊んでいる光景が頭に浮かんだ。四歳ぐらいのその子は私に気付き、手を振ってくる。

「おかあさん」

私はそれに微笑んで返し——途中で恥ずかしくなって身震いがした。圭さんが手なんか握るからだ、自分勝手な妄想が次々と浮かんでしまう。

彼はしばらく東京に残ると言っていた。もしかしたら郷里に帰ることもあるかもしれない。そんな人生の岐路を迎えたとき、私は隣にいるの？　黙って付いてこい、なんて言いそうな人じゃない。どっちつかずの間柄でも、私のために隣を空けてくれているのは嬉しかった。だけど、何かが足りない気がする。はっきりした言葉による証明なのか、それは自分でも分からない。ただ、「私は恋人でも家族でもないから」という理由で聞けずにいること、踏み込めずにいる領域が、実はとても広いことに私は薄々勘付いていた。

長かった乗車時間が終わり、横浜駅に着く。圭さんはそのまま東京まで乗っていくから、ホームで窓越しの別れになるだろうと思ったが、彼はいったん席を立ち、私をドアまで見送りに来た。私がホーム、彼が車内でお互い向き合う。発車ベルが鳴るまで少し時間があった。

「席に座っていてよかったのに」

「うん、でも今日は」

一瞬の間が空く。

「楽しかったから」

何だろう、この感じ。彼の目を見ているだけで胸が痛い。どうしてそんな寂しそうな顔をしているの。私は、ここにいるよ。

「圭さ……」

「中学のとき、頭に腫瘍ができて手術で取った。僕は早死にすると思う」

ずっと埋めることのできなかった、最後のパーツを見つけた。

コンピュータの回析路が瞬時に伝わるように、すべてが一本に繋がっていく。すーっと血の気が引き、直後それは全身を逆流した。

言葉が何一つ出てこない。その代わり、咄嗟に腕を伸ばして圭さんの手に触れた。冷たい。こんなに冷たい彼の手は初めてだ。さっきまでの温かさはどこへ行ったの。それに、このまま消えてもおかしくないくらい、所在なく虚ろな瞳。気付けば、その手を強く握っていた。行かないで。

彼は応えるように、上体を前に倒した。端正な彼の顔が、スローモーションで私に近付いてくる。

瞼を閉じる。その唇はやはり冷たく、微かに震えていた。

頭上で発車を知らせるベルがけたたましく鳴り響く。

『東京行き、ドアが閉まります。ご注意ください』

圭さんはゆっくり顔を離した。涙がこぼれ落ちるのを止められない私の頬を、長い指先でそっと撫でる。

「元気で」

彼が鼻をすする音がして、直後、無情にもドアは勢いよく閉められた。目の前から少しずつ動き出す車両に私は数歩すがったが、ドア前に立つ彼の姿はすぐに見えなくなった。彼にはきっともう二度と会えない、そう直感した。一人残されたホームの縁に立ちつくしたまま、声を殺してさらに泣き続けた。

飛び越えられなかったあと一歩、踏みしめる足元の白線が、彼と私を隔てる群青の大河だった。

＊＊＊

以来九年、圭さんには会っていない。

横浜駅まで戻ってきて、公衆の面前で大泣きした場所に立ち、あのときのことを思い返す。反射的に彼の手を引いてしまったのは、明らかに私のエゴだった。でも、最初で最後のキスは？　私の気持ちに応えられないという意思表示なら、もっと他の手段もあっただろうに。当時は混乱して、分かっていなかったけれど、彼なりに少しくらいは私を好きだったのかな。そうだったらいいんだけど。

別れというものは突然やって来れば来るほどに、心中深く傷を残した。少しのことに喜び悲しみ、悩んでは明け暮れた日々を忘れることができない。こういう結末になることを知っていたら、最初からあの部室のドアは叩かなかった。どうして木曜四限に授業を入れなかったのだろう。失ったものは、探せばいくらでも見つかると思っていたのだろうか。彼という人に出会わなければ、知ることのない痛みだった。

ご気分が優れませんか、と駅員に尋ねられる。いいえ、大丈夫ですと答えて家路についた。

「潤子！　待ってたのよ、あんたどこ行ってたの」

家に帰ると、八カ月を迎えた洋美が大きなお腹を抱えて居間に座っていた。

「携帯も切っちゃってるんだもん、いても立ってもいられないから直接来ちゃったわ」

「ごめん。どうしたの、そこまで焦るようなこと？」

「当たり前でしょ」

いつもマシンガントークの洋美が、珍しく唾を飲む。

「あのね、潤子。圭先輩の消息、分かったよ」

見合いのことを親に切り出されたときよりもひどく、足元が震えた。こんな偶然ってあるのかしら。自分の中で思い出と現実の区別が曖昧になっている。これは、現実よね。

「ど、どうして」

「うちの旦那が講演頼まれて秋田に行くって話、前にしたでしょう。そしたらね――」

法律関連の堅い話にもかかわらず、市内ホテルの会場には多くの人が来場した。内容は何人かのパネリストが壇上で討議しながら、聴講者の意見や質問も取り入れるというフォーラム形式で、およそ三時間ほどで終わった。

終了後、主催者側が設けた一席に誘われる。暁彦さんの隣には、そういう地方講演会の主催グループとしてはめずらしい若手の青年が座った。大柄なその男性は聞けば弁護士で、今回初めてこういうイベントの手伝いに参加したのだという。

名前を、樋田圭介と名乗った。

彼は東京の大学で経済学を学び、いったんは就職したが、社会人三年目で郷里の父親が倒れたことをきっかけに脱サラ、さらに二年ほど勉強して司法試験に合格した。父親は幸い命を取り留め、リハビリに励んで復帰を果たしたが、半身に麻痺が残るため、息子である彼が主体的に実家である弁護士事務所を切り盛りしている。弁護士の数が少ない地域において、父の代で事務所を畳むのは忍びなかったという。

話しているうちに暁彦さんは彼が自分と同じ大学の何年か後輩であることを知った。

『学生時代は何か部活を?』

すると樋田氏は、聞き覚えのある部活の名を挙げた。そこで暁彦さんはさらに問う。

『それってわりと古くからある美術サークルじゃありませんか』

『ええ。ご存知でしたか』

妻が確かその部活でした、小澤洋美を知っていますかと言うと、彼の目の色が変わった。

『小澤さんが、奥様でしたか』

その反応に、暁彦さんは初め「こいつは嫁の元恋人か」と疑っていたが、やがて彼が気にしているのは洋美ではないような印象を受けた。

『洋美さんはお元気ですか』

『ええ、子どもがもうすぐ産まれるので、今は大人しくしていますが、元気すぎるくらいです。たぶん学生時代からやんちゃだったんでしょうね』

『やんちゃかどうか分かりませんが、明るい方でしたよ』

『ああ妻をご存知なら知ってるかな、上原さんという方ともその当時からの付き合いらしくてね、たまたま今の家が近所になって、よく二人して出かけたりしているようです』

上原、という単語に、彼は洋美の名よりも強く反応し、わずかに考えてから彼女も元気ですか、と呟くように尋ねた。妻と同じようですと暁彦さんが答えると、キュッと引き締まっていた樋田氏の顔が少しだけ緩んだのだそうだ。

「それでね、潤子。これ見て」

洋美はそれまで大事そうに抱えていたトートバッグから、一通の封筒を取り出した。消印は一昨日の日付になっている。

中には、そのフォーラムで現地の人が撮ってくれた数枚の写真が入っていた。暁彦さんは帰宅後、一連の話をするのを忘れており、今日届いたこれらの写真を洋美が見て、圭さんらしき人物が写っていることに気付き、夫を問いただしたのだった。

「ほらここ、圭先輩」

講演の終わった後に記念で撮った、暁彦さんが主催側の人たちと数人で並んで写っている一枚。その中に、彼はいた。

圭さんは細縁で横長の眼鏡をかけ、私が一度も見たことのなかったスーツ姿で微笑んでいる。切れ長の目鼻立ちは相変わらず、九年前よりは痩せただろうか。髪が少し伸びた彼は、思い描いているよりずっと男らしくなっていた。

「先輩、結婚してないって」

地方の人の世話で良縁の見合い話もあったのに、ことごとく断ってしまったそうだ。打ち上げに同席した人の中にも、「紹介する前に断られた」と言って笑う関係者もいたらしい。

「あとこれ、もしかして潤子があげたピンじゃない？」一緒に選びに行った」

小さく写ってはっきりしないが、彼のネクタイを挟んでいるそれは確かにブラックシルバーの基盤に青い石が付いている。まだ持っていてくれた――それだけでもう、胸がいっぱいになりそう。

「会いに行ったら、潤子」

洋美は隣に座って私の背中をさすってくれる。昔、圭さんが目の前から去っていったときも、彼女は同じことをしてくれた。

「最後まで『好き』って言えなかったって、九年前もそんなふうに泣いてたよね。あのときは確かに怖くて追いかけられなかったかもしれないけどさ、もう強がらなくていいんじゃない？　まだ気になるなら、格好悪いなんて思わずにがつんと言っておいでよ。先輩だって、こうやって私が潤子に写真見せるかもしれないのを、分かって送ってきたんだと思う」

「そう……かな」

鼻がぐずってまともな声が出ない。

洋美はこつん、と額を当ててきた。私を支える手とは反対の手で、封筒を裏返す。

「秋田県仙北市角館町川原町？　律儀に番地まで書いちゃって、訪ねて来いって言ってるようなもんじゃない。向こうから来いって話よね、うちの大事な潤子に失礼しちゃう」

あとは潤子が決めな、と言い残して洋美は帰っていった。部屋へ戻ってベッドの上で彼女が置いていった封筒の中身を並べる。

『前略、先日はありがとうございました。お写真お送りします。奥様にもよろしくお伝えください。樋田』

決まり文句が並ぶ紙面に連なる文字は、懐かしい独特の角張った字体。それを何度も読み返し写真を見比べては、涙で前が見えなくなりそうだ。洋美の言う通り、少しは期待していいのかしら。相変わらず曖昧な行動、口数も足りないんだから、困った人ね。

行って、こようかな。男の後ろ姿を追いかけるなんて絶対にするものかと思っていたけれど、そうだね。二十代も最後なんだし、とことん馬鹿なことをやってみてもいい気がする。もう一歩くらい、多めに足を踏み出してみよう。出したら引っ込めればいい話。

そしてボロ雑巾みたいに項垂れて帰ってきたら、今日みたいにまた慰めてもらうんだ。

弥生

　三月初旬、大学の卒業式があった。サークルでは、毎年卒業を祝うために後輩が部室で待機している。ここ半月以上、四肢が重く毎日だるい。久しぶりに顔を合わせた洋美もぎょっとした。

「潤子、顔真っ青だけど、大丈夫？」

「まぁ何とか……」

　空元気で笑ってみるが、口の端を持ち上げると顔が突っ張るのが分かる。今日、彼はやって来るのだろうか。もしもう一度会えるなら、聞きたいことがいっぱいある。卒業式を控えたここ数日、あれが最後だなんてやっぱり嫌だという思いが強くなっていた。

　しかし一方で、七割くらい彼は来ないと確信している。それが怖いから、残りの三割、わずかな希望にすがってどうにか今日も部室にたどり着いた。

　式典が終わって先輩たちが、綺麗な袴やぴしっとしたスーツ姿で続々部室に現れる。

樋田さんの姿はなかった。そして先輩の一人が、三年生に何か告げているのが聞こえる。

「今日、圭来てないから、飲み屋一人キャンセルにしてくれるかな」

「来れないんですか？　式には出てたんですよね」

「それがさ――」

二人の話に周りの人たちも寄ってくる。

「連絡とれないから下宿先の叔父さんに聞いたんだけどさ、圭、今東京にもいないんだって。実家戻って、地元で入院してるらしいんだわ」

「え、どこか悪いんですか」

「なんか風邪をこじらせたとか言ってたけど。証書も郵送してもらうことにしたって」

「そういえば、去年の秋、学期直前にも入院したって噂聞いたぞ」

見かけによらないな、意外――口々にそんな言葉が上がる。違う、風邪なんかじゃない。きっと頭の手術のことで検査入院とか、本当に具合が悪かったとか、そういうことだ。だから毎年、休みの間のサークルイベントに顔を見せなかったのだろう。

限界だった。その場にいられなくなり、私は部室を飛び出した。洋美があとから追ってくるのも気付かずに。

部室棟の裏のベンチに、しがみつくように倒れ込む。立ち上がろうにも、力が入らない。腰が完全に砕けていた。

「潤子！」

すかさず洋美が、倒れかけた私の脇を支える。

「ね、どうしちゃったの。圭先輩のことでしょ。何があった？　潤子ってば」

「あー……」

声にならない掠れた叫び声。思わず洋美に抱きついていた。彼女は私の様子に、それ以上何も聞かず、黙って背中をさすってくれる。

悔しかった。何も分かってあげられなかった。あんなに近くにいたのに、私は彼の何を見ていたの。終わってしまった。何もかも、これで最後。認めたくない、でももう彼はいない。明日から、いったい何を支えにしていけばいいんだろう。

嗚呼、こんな思いをするくらいなら、もう本気で人を好きになんてならない。分かるんだ、まだ二十年しか生きてないけれど。

これから先、あなた以上に好きな人に出逢うことはないって。

＊＊＊

そして九年後の三月、私は今、東京駅の新幹線のりばに立っている。ホームへ車両が入ってくる。秋田新幹線こまちは、ちょうどあの年、あの月の終わりに開業した。彼が退院してまた東京へ出てきたときは、このホームに降り立ったのだろうか。レールには昨夜から降り続く雨が当たっている。

会社を休んだ。

会いに行くと決めてから、それでもなかなか決心がつかず、ついに心を決めたのは昨日の夕方、関わっていたプロジェクトの仕事が一段落ついたときだった。決算期に入り忙しくなる中、どうしても週末を待ちきれなくて、一日だけ有休をとった。大竹課長はいい顔をしなかったけれど、それでも私は今、この勢いのまま行ってしまいたかったのだ。

突然会社を休んで秋田に行くと言い出した娘に家族は不審を抱いたらしい。何か会社で悩みでもあったのか、と散々聞かれた。

『好きな人に会いに行くの』

訳も分からず心配して今朝玄関先まで見送りに来たみんなが、目を点にした表情はきっと一生忘れられない。

こまち号は東京から東北新幹線を北上、盛岡で後方に連結するやまびこ号を切り離して日本海側へ抜けていく。在来線を改良した線路は山の間をぬって進むから、必然的に盛岡から先の速度は遅くなる。三月に入ってもまだ雪が厚く積もっていて、車内の電光板には角館の最高気温は摂氏ゼロ度と表示されていた。こんな寒いところに彼は生まれ育ち、そして今も住んでいるんだ。いくつも過ぎ去るトンネルを越えるごとに厚みを増す雪の深さを眺めながら、鼓動は次第に速まっていく。

手帳から何枚かの写真を取りだした。ずっとクローゼットの奥深くに押し込んで見ないようにしていた九年前の思い出。少し黄ばんだ印画紙には、九年前の彼がいる。合宿中の猫との戯れ、学祭でこっそり隠し撮りしたウェイターの格好。熱海の海の波打ち際で光に飲み込まれそうな彼の立ち姿は、だいぶ後になって、現像に出し、ほとんど見ずにしまい込んだ。破って捨てることは、どうしてもできなかった。

そして、洋美にもらった、真新しいほんの一カ月半前の彼。見ているだけで笑みがこぼれてしまう。大好きな人の顔だ。思えば彼の姿を撮りたがったのは、単に好きという理由だけではなかったような気がする。死と共存する者独特の空気が、私を惹きつけたのだろうか。

脳外科手術をした過去があること、それは周りが思う以上に彼の人生の枷になっていた。だからこそ、どんなに親しい人にも打ち明けなかったし、彼が彼を保つ最後の砦であったに違いない。知らなければよかったと思ったときもある。ある程度のところで留まり、自分自身に言い聞かせ近付き過ぎなければ、あと少しは長く一緒にいられただろう。だがそれは、どうしてもできなかった。

嫌がられても、食い下がればよかっただろうか。いや、きっとそれも違う。他人の命は、簡単に背負えるほど軽いものでないということを重々分かっている。分かっているから余計に辛かった。彼の出すわずかなサインも見逃してはいけないと必死になる一方、しかし当時の私は無力すぎて、事実を知った後も彼を受け止められるだけの力がなかった。

『まもなく角館です』

一面、雪景色の平原が新幹線の左右に広がる。とうとう、ここまで来てしまった。

改札を出るときに年配の駅員さんを捕まえて住所と彼の名を見せ、行き方を尋ねた。

「圭介? ああ、樋田さんトコの若先生か」

その人は親切に観光用の地図へ赤線を入れて詳しく説明してくれる。

「タクシー五分、歩いて二十分てとこだな」

「ありがとうございます。せっかくなので歩いてみます」

「東京の人サ歩きにくいだろうけど、気を付けて」

「ありがとうございます」

ロータリーを渡ってまっすぐ通りを進んでいく。駅前こそ雪かきをしてあるが、次第にシャーベット状の雪が増えていて、足元を何度もすくわれそうになった。ちらちら舞っていた粉雪は歩みを進めるにつれ、本降りになっていく。この冬最後の寒さだろうね、と駅員さんが言っていた。風は冷たく頬を叩き、耳たぶが痛くなる。耳あてを持ってくるんだったな。腕に食い込む荷物を今一度持ち直して、ただひたすらに前を見つめた。

『傍にいることで、僕はいつか君に迷惑をかける』

彼はそう言いたかったんだろう。わずかな望みも絶って私を突き放した、それは彼の最後の優しさだった。そうとでも思わなければ、私も自分を保っていられなかった。そして、もう一緒にいられないと言っているものを無理に追いすがって、彼に少しでも嫌われてしまうのも怖かった。これ以上、ちょっとでも彼が私を嫌いになる瞬間を想像するだけで、眼前の世界はすべて闇に覆われる。

あの卒業式の日から少し経って、私は三年生になった。未だ傷は癒えず、洋美に心配されつつも再び新歓の時期を迎え、執行部として慌ただしい毎日を送った。わざと忙しくしていたのだろう、そうすることでなるべく何も考えないようにしていた。無理がたたって過労で倒れたこともある。病院で点滴を受けながら、これが不治の病だったら、さすがに圭さんも会いに来てくれるだろうかと馬鹿なことを考えた。

そうやって流れに身を任せ、過ぎていった二年間。就職活動では特に職種にこだわらず興味を持った会社の試験や面接を受けて、第一志望の一つだった大企業に内定をもらった。本当は自分に会社勤めなんて合わないんじゃないかと思っていたけれど、個性の強い上司や仲間に囲まれ、今日まで同じ職場で仕事を続けることができている。

彼と離れてからも、男女問わず様々な人との出会いと別れがあった。人付き合いだし、どれも「そういうものだ」と割り切って、疎遠になったとしても特に何も思わず生きてきたけれど——この恋だけは、違う。

彼の就職した会社の名を見れば視線が止まった。この狭い東京なら、いつか偶然にまた会えるのではないかと、内心微かな期待も抱いていた。今すれ違った電車にもしかしたら彼は乗っていたかもしれない、交差点の向こうにあの顔を見つけるかもしれない——なんて、本当は私が社会人になった頃には故郷に戻っていたあなたと、遭遇するはずもなかったのにね。

三年生のときから伸ばし始めた髪は、今や肩を過ぎて胸の辺りの長さになった。就職活動を始めたら、化粧を覚え、スカートをはき、ハイヒールで歩くようになった。苦手だったパソコンも今ではブラインドタッチだし、大人数の前でプレゼンすることも怖くなくなった。そんな私を、彼は知らない。

突然押しかけて、圭さんはどんな顔をするだろう。拒否されたらどうする？　本当はもう心に決めている人がいたら？　でももう、そんなことはどうだっていい。立派な金屏風の両木を隔てていた水流が、深そうだ怖そうだと言って遠巻きに見ているだけだった私はもういない。

溺れ死んでもいいから、ただその流れの中へ飛び込んでみればよかったんだ。

町役場を左手に見て、武家屋敷通りを抜けていくのだと教えられた。雪で湿っていく地図を握りしめながら、寒さで感覚がだんだん鈍くなる足を動かす。

武家屋敷通りには漆黒の板塀と立派な日本家屋が軒を連ねていた。背の高い常緑のモミの木が立ち並び、各家からはすっかり葉の落ちたしだれ桜の枝先が塀を越えて道に垂れ下がる。その数は一本二本という単位ではなく、通り沿いに延々と続いていた。

「ここが……」

かつて圭さんの自慢した角館のしだれ桜。江戸初期に植えられたそれらの樹齢は古いもので数百年になると聞いた。春になったら、皆いっせいに薄桃色の花をつける。まるでシャワーのように、木立の下を歩く人々を優しく包み込んで。

一時足を止め、そして再び歩き出した。雪はさらに降りしきり、広い通りが白一色。キュッキュと足元で音が鳴った。車通りの少ない住宅街に入ると、それらはますます深くなる。

「あっ」

足を引き抜ききれず、とうとう尻もちをついた。起毛のコートは雪だらけになる。

「もう、何でこんなに雪ばっかり！」

誰も聞いていないと思って、立ち上がりながら少し大きな声を発してしまった。しかしその直後、通りの向こう側に人の気配を感じる。しまった、女一人長靴も履かずに雪国を歩いてずっこけ、髪の毛まで雪にまみれながら文句を言っているなんて、おかしい人だと思われたに違いない。

恐る恐る気配のあったほうを見ると、相手は軒先の雪をシャベルでどけていた男の人だった。そこは事務所か何かの前で、勤務中なのだろう、スーツに厚手の綿入りジャンパーを羽織っている。目が合ってしまった。案の定、驚いた顔つき。恥ずかしいので適当に目線を逸らし、落としてしまった荷物を持ち上げようとした。

「……え」

はっとしてもう一度振り返る。細縁の眼鏡をかけたその人は、まだ私を凝視していた。背後の看板に「樋田弁護士事務所」の文字がはっきりと見える。

写真の中の彼が、そこにいた。焦がれに焦がれ、はるばる東北まで追い求めた彼が、目の前にいる。ああほら、早く何か言わなくちゃ。新幹線の中でずっと考えていた言葉をかけなくちゃ。体が動かない。どんな渦にでも飛び込むと決めたのに、少しでも前に出て近付きたいのに、寒さで痺れた両足が言うことを聞いてくれない。せめて一声、名前を呼ばせて。

「潤子さん？」

先に口を開いたのは、彼のほうだった。学生時代からさらに一段落ち着いたトーンで、心に染み渡る懐かしい声。

「どうして」

彼が尋ねる。

「どうしてって、見に来たんですよ、桜を」

大丈夫、口はまだ回る。

「桜は、春にならないと咲かないけど」

「じゃあ待ちます。春まで、ここで」

いけない、これじゃ完全に変な人だ。自分でも何を言っているのかよく分からない。圭さんも突然のことに言葉が出てこないようだ。唖然としてシャベルを片手に持ったまま、私を見つめている。

しかし、今の会話で少し緊張がほぐれた。震えも止まってる。

「嘘です。圭さんに会いたくて来たんです。ここにいるって聞いたから。どうしても言いたいことがあって」

「……」

彼は俯いた。自業自得とはいえ本当に訪ねてくるとは圭さんも面くらっただろう。断ち切ったはずの過去の女が、図々しくも突然押しかけてきて難題をふっかける――確かに不条理かもしれない。でも、私はもう見栄を張るのをやめた。会えなかった九年間は、私があなたをもう一度、しっかり好きになるための猶予だったと思うことにしたの。理想と現実は必ずしも相容れないものだけれど、過去と現在は確実に繋がっているって信じたい。

「あれからいっぱい後悔しました。あなたのことを忘れて一人で歩いていこうとも思った。でも、こんなこと言うと笑われるかもしれないけど、私の隣はいつだって圭さんじゃないと駄目なんです。この先、五十年も人生が残ってて、私はそれを一人で生きていける自信なんてない。もし圭さんがどうしても早死にしちゃうっていうなら、十年でも一年でもいいです。私の隣にいてください。死ぬかもしれないって思っていることが負い目になるんだったら、それは平気……圭さんが先に死んじゃっても、私は絶対に泣かないから」

いろいろ思いめぐらせて決めてきた、格好いい台詞ではなかった。それでもとにかく一気に言い切って、溢れ出る涙を手の甲で拭う。「好き」の一言はどうしても恥ずかしくて言えない。お願い、一つだけでいいから私のわがままを聞いて。手術のことを楯にして私を拒まないで。嫌いなら嫌いと、好きは好きでも愛するほどではないと、そうならそうで、はっきり言って。

そして自分の指先が目尻から離れたとき、私の前には大きな影があった。

「ひぐっ」

瞬間、おかしな声が漏れる。それも仕方のないことだ。今まで三メートル以上離れて立っていたはずの圭さんは少し目を逸らした隙に、私が四苦八苦して歩いてきた積雪を軽々と踏み越え、すぐ近くまでやって来ていたのだから。

顔を上げた私の鼻は、ちょうど圭さんの鎖骨の辺りに当たった。冷え切った背中を抱き締める腕と、大きな胸の温かさに埋もれて、私は息の仕方を忘れた。

「今でさえそんなに泣いてるのに、どうやったら信用できるんだ」

圭さんが耳元で囁く。掠れる声に、彼も泣いていることを知る。勢いよく抱きつかれ、反り返って足元が浮き上がった私は、咄嗟に彼の上着の肘辺りを摑んでいた。

ずっと、この腕を求めていた。

随分と遠回りして、ようやくあなたを見つけた。安っぽい台詞だけれど、私はこれがきっと運命だったと思うんだ。あなたの放つ空気は引力のように、九年経ってもこうして私をあなたの元へ引き寄せるから。

そうだ、その引力に抱かれて、私はあなたの周りをふわふわ回る月になろう。暗く明けない夜の闇にも、あなたの灯火となるように。

あなたが道に、迷わぬように。

本書は、二〇〇五年九月、弊社より刊行された単行本『届かなかったラヴレター小説版　優しい引力』を加筆・修正し文庫化したものです。

12×9の優しい引力

二〇一七年九月十五日　初版第一刷発行

著　者　檜山智子
発行者　瓜谷綱延
発行所　株式会社　文芸社
〒一六〇-〇〇二二
東京都新宿区新宿一-一〇-一
電話　〇三-五三六九-三〇六〇（代表）
〇三-五三六九-二二九九（販売）

印刷所　株式会社暁印刷
装幀者　三村淳

ISBN978-4-286-19058-7

文芸社文庫